읽어가겠다

김탁환 지음

우리가 젊음이라
부르는 책들

읽어가겠다

다산
책방

On Air,
정성을 다하는 반복의 힘

〈스시 장인 지로의 꿈〉이란 다큐멘터리를 보셨는지요. 맛과 향이 다른 스시를 하나하나 만드는 요리사의 삶에서, 의미와 길이가 다른 문장을 하나하나 짓는 작가의 삶을 그려보곤 합니다. 지로는 가업을 잇는 아들을 위해 이런 충고를 남깁니다.

"평생 이 일을 반복할 필요가 있습니다. 그것이 가장 중요합니다."

우리에겐 일상(日常)이 있습니다. 그 일상에서 무엇인가를 계속 반복하지요. 잠도 반복해서 자고 밥도 반복해서 먹고 출근과 퇴근도 반복합니다. 그런데 지로가 말한 반복은 우리가 되풀이하는 반복과는 그 의미가 다릅니다. 지로가 매일 만드는 스시에는 '정성'이 담겨 있기 때문입니다. 반복의 힘이란, 정성을 다하는 반복의 힘이겠지요.

여러분께 열망과 덧없음에 관한 스물세 편의 소설을 소개하려 합니다. 즐겁고도 아득한 수다를 위해 친구들을 초청하듯, 주인공들을 불러 모아 책 한 권에 둘러앉힌 꼴입니다. 저는 적어도 이 소설들을 네 번씩 읽었고 이 주인공들의 삶을 그만큼 곱씹었습니다.

오 년 전 라디오에 나와 책을 소개해보지 않겠느냐는 제안을 받았을 때 거절하기 힘들었습니다. 장 자끄 상뻬의 고백처럼, 학창 시절 라디오는 제게 구원이었거든요.

> "난 라디오 덕분에 살아남을 수 있었습니다! 라디오와 더불어 나는 멀리 도망칠 수도, 꿈을 꿀 수도, 다른 것을 생각할 수도, 몇몇 사람을 사랑할 수도 있었습니다. 라디오를 정말로 좋아했습니다. 라디오가 나를 구원해주었다고 생각했으니까요."
>
> —장 자끄 상뻬, 『상뻬의 어린 시절』 52쪽(미메시스, 2014).

라디오와 책. 제 인생에서 소중한 두 가지를 한꺼번에 즐길 기회가 찾아든 겁니다. 그 후로 오 년 동안, 대본도 없이, 내 맘대로 고른 책을 매주 십오 분 동안 라디오에서 이야기했습니다. 책을 읽고 책을 쓰고 책에 관해 수업을 해왔지만, 십오 분을 오롯이 한 책만 파고드는 것은 쉽지 않았습니다. 책과 나 단둘뿐인 세상에 갇힌 꼴이라고나 할까요. On Air. 불이 켜지면, 쉴 없이 떠들어야 합니다. 내가 왜 이 책을 당신에게 꼭 읽히고 싶어 하는지를. '꼭' 읽히고 싶다는 바람이 여기까지 저를 이끌었는지도 모르겠습니다.

언젠가 어떤 이유로 이 소설을 읽었을 겁니다. 세월과 함께 몇 개의 장면과 몇 토막의 문장만 남았지요. 문득 라디오에 소개할 책을 고르다가 이 소설을 품었던 순간이 떠오릅니다. 책장 구석에서 소설을 찾아 꺼내 읽지요. 누군가 빌려가는 바람에 다시 사기도 합니다. 그리고 스스로를 탓하지요. 이토록 멋진 소설을 왜 까맣게 잊었던 걸까.

녹음 전날엔 다시 그 소설을 정독하며 낭독할 부분을 발췌하고 감상을 붙일 장면을 공책에 옮겨 적습니다. 그리고 다음날 라디오 부스에 앉지요. On Air. 십오 분이 금방 흘러갑니다. 준비한 대목을 모두 소화한 경우는 극히 드물지만, 그래도 십오 분을 막힘없이 그 소설을 위해 쏟았으니 다행이라고 여깁니다.

그리고 또 시간이 흘렀습니다. 매주 혹은 격주로 책을 소개했으니 다룬 책도 백오십 권이 훌쩍 넘었습니다. 방송의 묘미는 찰나에 있다는 속언도 있듯이, 한 번 내뱉은 말을 다시 글로 옮길 뜻은 없었습니다. 그런데 뜻이란 게 없다가도 생기고 생겼다가 없어지기도 하지요. 독자와 만나는 어느 자리에서, 젊음에 관한 책을 많이 소개해주셔서 감사하다는 인사를 우연히 받았습니다. 주제를 정하고 책을 묶은 적이 없기에, 내가 소개한 책 중에서 어떤 책이 젊음에 어울렸을까 되돌아보게 되더군요. 스물세 편의 소설이 제겐 젊음과 동의어로 보였습니다. 동의어에 합당한 인간들을 한 자리에 모아보고 싶어졌지요. 와자지껄 떠드는 걸 곁에서 구경만 해도 신나지 않겠습니까. 그 소설들을 네 번째로 다시 읽으며 정돈한 원고가 바로 이 책입니다.

누군가를 다른 시간 다른 장소에서 네 번이나 만난다면 특별한 인연이라 여기고 연인이 되거나 벗이 될 겁니다. 저는 스물세 편의 소설과 지금까지 네 번 만났군요. 어떤 책과 사람은 스치듯 잊히지만, 어떤 책과 사람은 마음에 머물며 또 한 번의 재회를 기대하게 만듭니다.

이 소설들엔 '열망'과 '덧없음'이 가득 차 있습니다. 열망이란 무엇입니까. 견딜 수 없는 몸부림이자 결연한 단절이며 치밀한 계획이자 무모한 도전이지요. 결과가 아닌 과정 자체에 방점이 놓이는 작품들입니다. 그 열망이 성공하든 실패하든, 그 속엔 피와 땀이 흐르는 '인간(人間)'이 있습니다.

'덧없음'은 실패와 이어진 감정이 아닙니다. 활활 영원히 타오를 것처럼 이어지던 이야기와 이야기 사이에 짧은 침묵이 찾아듭니다. 그 침묵엔 많은 것이 담기지요. 어찌할 수 없는 이별, 잊히지 않는 고통, 그리움, 부끄러움이 한순간 밀려듭니다. 그럼에도 불구하고 걸음걸음을 디뎌 나올 때의 헛헛함이라고나 할까요. 멀리서 들려오는 굶주린 짐승의 울음에도, 긴 꼬리를 지우며 떨어지는 별똥별의 궤적에도 인간으로서의 덧없음이 얹히지요.

스물세 편의 소설에는 인간답게 살아가는 나날에 대한 자부심이 가득합니다. 지극히 평범한 이웃의 말 한 마디 행동 하나로부터도, 인간으로 태어나서 당신을 만나길 잘했다는 생각이 드는 겁니다. 그것은 또한 인간다워야 할 때에 그렇지 못하고 흔들리는 나 자신에 대한 경멸로도 이어지겠지요. 열망과 덧없음처럼, 자부심과 경멸 또한 젊음이란 동전의 양면인 겁니다.

삶은 길고, 아직 맞닥뜨리지 않은 문제는 많이 남았습니다. 이 정도면 되겠다고 방심할 때 어김없이 상상 밖의 어려움에 빠지는 것이 바로 인생이니까요. 그 혼란의 와중에 잠시 숨을 고르면서, 스물세 명의 친구들이 어떻게 막막함을 견뎠는지 귀기울여보는 건 어떨까요. 오늘도 어제처럼 내일도 오늘처럼, '나 지금 여기'의 문제에 주먹을 내지르며, 어깨를 비비며, 입을 맞추며!

2014년 10월 어느 비오는 저녁

김탁환

차
례

part / 2.

AMERICAN CRAFTS

IDEAS FOR LARGE BUILDING

Colorfulworld

part 1.

그를 잊지 않기 위해
내가 하는 것들

어떤 처녀가 외로움과 슬픔에 잠겨 있을 때 크눌프가 다가가서 이야기를 건네는 것이죠. 나는 당신이 태어난 그 마을에도 가봤고, 당신이 쓰다듬어줬던 그 개도 압니다. 이런 식으로 굉장히 빨리 가까워지는 거죠. 그래서 여자들이 다 좋아하는 겁니다.

하지만 크눌프는 여자들의 친절과 호의를 싫어합니다. 42쪽을 보면, 읽다가 제가 깜짝 놀랐던 문장이 있습니다.

2월의 햇살이 벌이는 유희, 집안의 고요한 평화, 친구에게서 보이는 진실로 성실한 장인의 얼굴. 귀여운 부인의 의미 있는 눈길. 크눌프는 이 모든 것들을 빛나는 눈으로 바라보았다. 그는 이 모든 게 싫었다.

앞에 나열한 것들은 보통사람이 꿈꾸는 가장 행복한 모습이잖아요. 그런데 이렇게 쭉 써놓은 다음, 크눌프는 이 모든 게 싫었다 그래서 도망갔다, 이렇게 나오는 것이죠. 독일 시민으로서의 성실한 삶과는 거리가 있는 겁니다.

「크눌프에 대한 나의 회상」은 화자인 내가 크눌프를 회상하는 방식으로 짜여 있습니다. 둘은 계속 세상 모든 문제들에 관하여 대화를 나눕니다. 크눌프랑 나와는 입장 차이가 큽니다. 68쪽에는 '아름다움'이란 무엇인가에 대하여 논쟁을 벌이지요. 크눌프가 주장합니다.

"가장 아름다운 것이란 사람들로 하여금 즐거움뿐만 아니라 슬픔이나 두려움도 항상 함께 느끼게 하는 것이라는 생각이 들어."

"왜 그렇지?"

"무슨 말이냐면, 정말로 아름다운 소녀가 하나 있다고 해봐. 만일 지금이 그녀가 가장 아름다운 순간이고 이 순간이 지나고 나면 그녀가 늙을 것이고 죽게 될 것이라는 점을 모른다면, 아마도 그녀의 아름다움이 그렇게 두드러지지는 않을 거야. 어떤 아름다운 것이 그 모습대로 영원히 지속된다면 그것도 기쁜 일이겠지. 하지만 그럴 경우 난 그것을 좀 더 냉정하게 바라보면서 이렇게 생각할걸. 이것은 언제든지 볼 수 있는 것이다. 꼭 오늘 봐야 할 필요는 없다고 말이야. 반대로 연약해서 오래 머물 수 없는 것이 있으면 난 그것을 바라보게 되지. 그러면서 난 기쁨만 느끼는 것이 아니라 동정심도 함께 느낀다네."

"그렇겠군."

"그래서 난 밤에 어디선가 불꽃놀이가 벌어지는 것을 제일 좋아해. 파란색과 녹색의 조명탄들이 어둠 속으로 높이 올라가서는 가장 아름다운 순간에 작은 곡선을 그리면서 사라져버리지. 그래서 그 모습을 바라보고 있으면 즐거움을 느끼는 동시에 그것이 금세 사라져버릴 것이라는 두려움도 느끼게 돼."   68-69쪽

이 대목에서 저는 영화 〈사랑한다면 이들처럼〉을 떠올렸습니다. 두 남녀가 뜨겁게 사랑에 빠집니다. 그런데 여자가 갑자기 자살을 해버립니다. 왜 죽었느냐 하면, 지금이 가장 행복하기 때문이란 것이죠. 이후부터 우리는 계속 싸울 것이고 서로 미워할 것이고 이 아름다운 사랑이 깨져가는 걸 보게 되리. 나는 차마 그걸 못 보겠으니 가장 아름다운 이 순

간 죽으리. 정말 이 이유로 여자가 죽죠. 그리고 영화는 남겨진 남자의 쓸쓸함을 담담하게 보여줍니다.

크눌프의 주장으로 돌아가보자면, 불꽃놀이가 왜 가장 아름다운가, 소녀가 왜 가장 아름다운가. 그건 사라질 것이기 때문이다. 그래서 아름답다는 것은 슬픔이나 두려움도 항상 같이 있는 것이다. 소멸과 상실을 전제로 하기에 아름다움이 존재한다는 크눌프의 설명은 곧 그러한 아픔을 겪어본 자만이 아는 것이겠기에 이 사내가 더욱 쓸쓸해 보이는군요.

그리고 저는 79쪽에서 종종 눈길을 멈추곤 합니다. '영혼'에 대한 크눌프의 설명이 있는 곳이죠.

크눌프가 말했다.

"모든 사람은 영혼을 가지고 있는데, 자신의 영혼을 다른 사람의 것과 섞을 수는 없어. 두 사람이 서로에게 다가갈 수도 있고 함께 이야기할 수도 있고 가까이 함께 서 있을 수도 있지. 하지만 그들의 영혼은 각자 자기 자리에 뿌리내리고 있는 꽃과도 같아서 다른 영혼에게로 갈 수가 없어. 만일 가고자 한다면 자신의 뿌리를 떠나야 하는데 그것 역시 불가능하지. 꽃들은 다른 꽃들에게 가고 싶은 마음에 자신의 향기와 씨앗을 보내지. 하지만 씨앗이 적당한 자리에 떨어지도록 꽃이 할 수 있는 일은 아무것도 없어. 그것은 바람이 하는 일이야. 바람은 자신이 원하는 대로, 자신이 원하는 곳에서 이곳저곳으로 불어댈 뿐이지."

한 남자와 한 여자가 만나서 사랑을 나눌 순 있지만 그렇다고 영혼을 서로 섞을 수는 없다는 이야깁니다. 크눌프도 순간순간 어떤 여자를 마음에 들어 하고 그 여자를 사랑하기도 합니다. 하지만 결국은 그 여자를 떠나거든요. 아무리 사랑하더라도 뿌리를 떠나 섞일 수는 없는 것이니까요. 향기와 씨앗을 보내는 정도의 사랑! 이 정도가 크눌프가 생각하고 있는 부분인 것 같아요. 하지만 그 향기와 씨앗이 사랑하는 이에 닿는 것은 또한 내 몫이 아니라 바람의 몫이지요.

「종말」을 볼까요. 「종말」은 굉장히 도전적인 구성입니다. 크눌프는 임종에 이르러 신을 만납니다. 크눌프는 신에게 항의도 하고 한탄도 합니다. 아쉬움이 많이 남았던 걸까요. 그런데 신이 묻습니다.

> "넌 지금 신사가 되거나 기술자가 되어 아내와 아이를 갖고 저녁에는 주간지를 읽고 싶은 거냐? 넌 금세 다시 도망쳐 나와 숲속의 여우들 곁에서 자고, 새덫을 놓거나 도마뱀을 길들이고 있지 않을까?"
>
> 133-134쪽

그리고 신의 입장에서 크눌프의 삶을 정리해주지요.

> 하느님께서 말씀하셨다.
> "나는 오직 내 모습 그대로의 너를 필요로 했었다. 나를 대신하여 넌 방랑하였고, 안주하여 사는 자들에게 늘 자유에 대한 그리움을 조금씩 일깨워주어야만 했다. 나를 대신하여 너는 어리석은 일을 하였고 조롱받았다. 네 안에서 바로 내가 조롱을 받았고, 또 네 안에서 내

가 사랑을 받은 것이다. 그러므로 너는 나의 자녀요, 형제요, 나의 일부이다. 네가 어떤 것을 누리든 어떤 일로 고통 받든 내가 항상 너와 함께 있었다."

134쪽

지금 이곳에 안주하여 사는 평범한 사람들에게 '자유에 대한 그리움'을 주는 존재가 크눌프였던 겁니다. 최고의 칭찬이 아닐 수 없습니다. 신의 설명을 듣고서야 크눌프는 비로소 편안한 죽음을 맞이하게 됩니다.

이 짧은 세 편의 이야기는 크눌프란 인물의 다채로운 매력을 충실히 담고 있습니다. 굉장히 명랑하기도 하고 짓궂기도 하고 신나기도 하고 슬프기도 하고 경건하기도 하지요. 헤세는 간명한 문장으로 또박또박 적어나갑니다. 십대나 이십대 때 읽었을 때와는 또 다른 크눌프의 면모가 보이기도 합니다.

『자기 앞의 생』

오늘은
에밀 아자르의 『자기 앞의 생』
입니다.

SNS에서 이 소설을 검색하면, 굉장히 아름다웠다거나 매우 행복한 기분이 들었다는 독후감들이 지금도 많이 올라오는데요, 저는 생각이 다릅니다. 누가 제게 당신이 읽은 소설 중에서 가장 슬픈 책이 뭐냐고 묻는다면, 저는 주저 없이 이 책을 꼽을 겁니다. 너무나도 힘든 상황에서 희망을 찾으려고 몸부림치는 한 인간에 대한 이야기니까요.

주인공은 모모입니다. 또 한 명의 주인공은 로자 아줌마이지요. 함께 사는 이 두 사람이 이야기를 이끌어갑니다.
모모는 모하메드의 준말입니다. 다시 말해 모모는 아랍인인 거죠. 공간적 배경은 창녀촌입니다. 로자 아줌마도 전직 직업이 창녀입니다. 그리고 특이한 사실은 이 아줌마가 아우슈비츠 수용소에 다녀온 유태인이라는 겁니다. 그곳에서 거의 죽을 뻔했다가 살아서 돌아온 겁니다. 여러 군데를 전전하며 창녀로 살다가 나이가 들어 더 이상 성을 팔아서 돈을 벌 수 없게 되자, 창녀들이 낳은 아이들을 돈을 받고 키워주는 일을 시작합니다. 로자 아줌마는 창녀들이 낳은 아이들을 키워주는 보모인 거죠. 모모도 그 아이들 중 한 명입니다.

아랍 아이 모모와 유태인 아줌마 로자의 집은 여러 인종이 섞여 사는 건물의 칠층입니다. 이 건물엔 재미있는 사람들이 꽤 많습니다. 우선 롤라 아줌마가 있습니다. 마음씨 착한 여장 남자입니다. 또 하밀 할아버지도 있지요. 이 노인은 지금은 양탄자 행상을 하지만 젊어서는 세상을 두루 다녀 가보지 않은 곳이 없노라고, 모모한테 매일 밥 먹듯이 허풍을 떱니다. 그 여행이 사실인지 아닌지, 모모는 확인할 수도 없으니 마음 놓고 긴 이야기를 늘어놓는 셈입니다.

『자기 앞의 생』에서 제일 유명한 구절을 찾아볼까요. 하밀 할아버지와 모모가 나누는 이야기입니다. 모모가 묻습니다. "하밀 할아버지, 사람은 사랑 없이도 살 수 있나요?"(12쪽) 하밀 할아버지가 대답을 안 하려고 합니다. 속된 세상의 진실을 알기에는 모모가 아직 너무 어리고 순수하다고 여겼기 때문일까요.

"하밀 할아버지, 왜 대답을 안 해주세요?"
"넌 아직 어려. 어릴 때는 차라리 모르고 지내는 게 더 나은 일들이 많은 법이란다."

"할아버지, 사람이 사랑 없이 살 수 있어요?"

"그렇단다."

할아버지는 부끄러운 듯 고개를 숙였다.

갑자기 울음이 터져 나왔다.   12–13쪽

　아주 오래 전에 김만준이란 가수가 부른 〈모모〉란 노래가 있었습니다. 거기에 '인간은 사랑 없이 살 수 없다는 것을 모모는 잘 알고 있기 때문이다'란 가사가 등장하지요. 이 소설을 읽고 그 가사를 쓴 것이 분명합니다.

　『자기 앞의 생』의 절반은 로자 아줌마가 모모를 돌봅니다. 그런데 로자 아줌마는 심장병이 매우 위중하지요. 칠층 계단을 올라가는 것도 벅찹니다. 그리고 나중에 로자 아줌마가 병이 깊어 쓰러진 후에는 모모가 로자 아줌마를 돌봅니다. 돌봄의 관계가 역전하는 이야기라고도 볼 수 있지요.

　모모와 로자 아줌마의 대화는 굉장히 재밌고, 재밌는 만큼 의미심장합니다. 그 말이 너무 적나라해서 오히려 몽환적으로 느껴질 정도니까요. 예를 하나 들어볼까요. 열 살 모모가 엄마를 계속 그리워하니까 로자 아줌마가 이런 이야기를 늘어놓습니다.

　"너희들 엄마에 대해서는 차라리 모르고 지내는 게 나을 거다. 너희 나이에는 감수성이 예민하니까 말야. 그 여자들은 창녀란다. 허용되지 않는 것에 대해 헛된 꿈을 꾸면 안 돼. 넌 창녀가 뭔지 아니?"

"엉덩이로 벌어먹고 사는 사람들이죠."

"그런 끔찍한 소리는 어디서 들었니? 틀린 말은 아니다만."

"아줌마도 젊고 예뻤을 땐 엉덩이로 벌어먹고 살았나요?"

그녀는 미소지었다. 자기가 젊고 예뻤다는 말을 들으니 기분이 좋은 모양이었다.

"넌 참 좋은 아이다, 모모야. 하지만 제발 입 다물고 날 좀 도와다오. 나는 이제 늙고 병들었어. 아우슈비츠에서 나온 후로 좋은 일이라곤 하나도 없구나."

24-25쪽

이런 식이죠. 아이가 대놓고 묻자 아줌마도 대놓고 대답해요. 중간에 도덕이라거나 상식이라거나 교육이라거나, 이렇게 빙 두르거나 가로막는 것들이 전혀 없습니다. 둘은 이렇게 대놓고 모든 것을 이야기하는 특별한 사이입니다.

로자 아줌마에게는 평생 지우지 못할 두려움이 있습니다. 바로 다시 아우슈비츠에 끌려가지 않을까 하는 불안감이죠. 로자 아줌마가 가장 무서워하는 것이 바로 초인종 소리입니다. 초인종 소리를 듣고 문을 열면 독일군이 달려들어 나를 잡아갈 거라는 무서움입니다. 그 집의 아이들이 로자 아줌마를 골려줄 때 쓰는 가장 쉬운 방법이 바로 초인종을 누르는 겁니다. 아이들은 이걸 '초인종 놀이'라고 합니다. 로자 아줌마는 독일군이 갑자기 자신을 잡으러 올지도 모른다는 두려움이 너무 크고 무거웠던가 봅니다. 생필품들 그리고 간편하게 먹을 수 있는 음식과 재료 들을 몰래 지하에 가져다 놓습니다. '유태인 피난처'인 것이죠. 모

"할아버지,
사람이 사랑 없이
살 수 있어요?"

모는 로자 아줌마의 뒤를 밟다가 우연히 아줌마가 중요한 생필품을 가지고 지하로 내려가는 것을 목격합니다. 그리고 모모는 몰래 혼자 그곳으로 내려가지요. 가득 쌓인 생필품을 보며 모모는 처음에 화를 냅니다. 우리한텐 먹을 것 없다고 앓는 소리를 하더니, 여기에 맛있는 것들을 다 숨겨 놨다고 불평을 터뜨리지요. 로자 아줌마가 설명합니다.

"모모야, 그곳은 내 유태인 피난처야."
"알았어요."
"이해하겠니?"
"아뇨. 하지만 상관없어요. 그런 일에 익숙해졌으니까."
"그곳은 내가 무서울 때 숨는 곳이야."
"뭐가 무서운데요?"
"무서워하는 데에 꼭 이유가 있어야 하는 건 아니란다."
나는 그 말을 결코 잊은 적이 없다. 왜냐하면 내가 지금까지 들어 본 말 중에 가장 진실된 말이기 때문이다.   69쪽

로자 아줌마와 모모에겐 삶의 진실을 교감하는 번뜩이는 순간이 있는 것 같습니다. '유태인 피난처'에 대한 이야기도 그중 하나이겠죠.
또 다른 진실에 관한 이야기를 볼까요. 로자 아줌마는 점점 더 늙고 병들어가지요. 그러던 어느 날 모모가 로자 아줌마의 열다섯 살 때 사진을 봅니다.

그녀는 유태인 대학살 전인 열다섯 살 적 사진을 한 장 가지고 있

었는데, 그 사진의 주인공이 오늘날의 로자 아줌마가 되었다는 사실을 믿을 수가 없었다. 반대도 마찬가지다. 지금의 로자 아줌마가 열다섯 살의 사진 속 주인공이었다는 사실 역시 믿기 어려운 일이다. 그들은 서로 아무런 상관이 없는 사람들처럼 보였다. 열다섯 살 때 로자 아줌마는 아름다운 다갈색 머리를 하고 마치 앞날이 행복하기만 하리라는 듯한 미소를 짓고 있었다. 열다섯 살의 그녀와 지금의 그녀를 비교하다보면 속이 상해서 배가 다 아플 지경이었다. 생이 그녀를 파괴한 것이다. 나는 수차례 거울 앞에 서서 생이 나를 짓밟고 지나가면 나는 어떤 모습으로 변할까를 상상했다. 손가락을 입에 넣어 양쪽으로 입을 벌리고 잔뜩 찡그려가며 생각했다. 이런 모습일까?

147-148쪽

늙어간다는 것, 병들어간다는 것이 도대체 뭘까요. 지금은 늙어버린 로자 아줌마와 아우슈비츠에 가기 전 해맑은 열다섯 살 소녀의 모습을 비교하면서, 모모는 이 소녀를 저 할머니가 되도록 망가뜨린 것이 결국 삶이구나! 라고 깨닫습니다. 삶이 그녀를 파괴한 것이죠. 열 살 아이가 여기까지 생각이 미치긴 정말 어렵기에 큰 울림을 줍니다.

로자 아줌마와 마찬가지로 하밀 할아버지도 늙어갑니다. 늙음에 대하여 또 한 군데 살펴보는 대목이 있습니다. 어느 날 문득 정신을 차려보니 하밀 할아버지한테 하밀 할아버지라고 불러주는 이가 모모밖에 없는 겁니다. 다른 이들은 뒷방 늙은이로 취급하며 무시하거나 멀리 피하는 것이죠. 모모는 유난히 더 이 노인의 이름을 큰 소리로 부릅니다.

"하밀 할아버지, 하밀 할아버지!"

내가 이렇게 할아버지를 부른 것은 그를 사랑하고 그의 이름을 아
는 사람이 아직 있다는 것, 그리고 그에게 그런 이름이 있다는 것을
상기시켜주기 위해서였다.   174쪽

할아버지, 모모가 왔어요. 슬퍼 마세요. 제가 있잖아요, 할아버지를
제가 끝까지 기억할게요. 당신의 이름을, 당신의 이야기를. 그리고 할아
버지가 종종 들려주던 늙음에 관한 이야기 하나를 짚어냅니다.

하밀 할아버지가 종종 말하기를, 시간은 낙타 대상들과 함께 사막
에서부터 느리게 오는 것이며, 영원을 운반하고 있기 때문에 바쁠 일
이 없다고 했다. 매일 조금씩 시간을 도둑질당하고 있는 노파의 얼굴
에서 시간을 발견하는 것보다는 이런 이야기 속에서 시간을 말하는
것이 훨씬 아름다웠다. 시간에 관해 내 생각을 굳이 말하자면 이렇
다. 시간을 찾으려면 시간을 도둑맞은 쪽이 아니라 도둑질한 쪽에서
찾아야 할 것이다.   174쪽

로자 아줌마와 하밀 할아버지는 병들고 늙어가는 반면 모모는 아직
많이 어립니다. 로자 아줌마가 뇌경색에 걸린 후부터 모모가 너무 어리
다는 것이 문제가 됩니다. 과연 이 꼬마가 중병에 걸려 사지를 제대로
쓰지 못하는 중환자를 간병할 수 있겠느냐는 것이죠. 이렇게 걱정하는
카츠라는 친절한 의사에게 모모가 말합니다.

자기 앞의 생

"선생님, 내 오랜 경험을 비추어보건대 사람이 뭘 하기에 너무 어린 경우는 절대 없어요."

267쪽

모모와 로자 아줌마의 동거는 어떻게 결론이 날까요. 로자 아줌마는 병원에 가서 죽는 것이 싫습니다. 아무도 모르는 낯선 사람들에게 둘러싸여 숨을 거두는 것이 두려운 것이죠. 그미는 모모가 바라보는 가운데 숨을 거두고 싶고, 자신에게 익숙한 건물에서 죽고 싶은 겁니다. 그래서 로자 아줌마가 혼수상태에 빠지자, 모모는 그미의 뚱뚱한 몸을 끌고 지하실의 유태인 피난처로 내려갑니다. 그리고 그곳에서 로자 아줌마는 숨을 거둡니다.

모모는 시신 곁을 지킵니다. 떠날 생각을 않는 것이지요. 시신에서 썩는 냄새가 나기 시작합니다. 보통 동화들은 '모모가 그녀 옆에서 행복하게 잠들었다'며 이야기가 끝날 겁니다. 그런데 『자기 앞의 생』은 다릅니다. 모모는 악취가 나오자 처음엔 향수를 뿌립니다.

나는 그녀의 몸에 향수를 몽땅 뿌려주고, 자연의 법칙을 감추기 위해 온갖 색깔로 그녀의 얼굴을 칠하고 또 칠했다. 그러나 그녀의 몸뚱이는 어느 곳 하나 성한 데 없이 썩어갔다. 자연의 법칙에는 동정심이란 게 없으니까.

306쪽

동정심 없는 자연의 법칙에 따라, 썩어가는 시신 곁에서 모모라는 소년이 발견됩니다. 신문에 대서특필이 됐습니다. 나는 왜 로자라는 전직 창녀의 시신 곁에 머물 수밖에 없었는가를 설명해놓은 것이 바로 『자기 앞의 생』이란 소설인 겁니다. 이와 같은 경험을 한 소년은 어떻게 성장하여 무슨 일을 했을까 궁금하지 않으십니까.

물론 이 소설에는 군데군데 빙그레 미소를 짓게 만드는 대목이 있습니다. 최악의 상황에서 가장 어둡고 불행하게 자란 소년이 어떻게든지 그 고통과 슬픔을 즐거움으로 바꾸기 위해 발버둥을 친다고나 할까요. 모모에게 그 발버둥은 웃음이었던 것 같습니다. 최악의 상황인데도 로자 아줌마, 하밀 할아버지, 모모, 그 건물에 사는 사람들 모두 서로서로 농담을 하거든요. 농담을 툭툭 하면서 서로 웃습니다. 사실 오늘 소개한 대목들, 그리고 밑줄 그은 부분들이 어찌 보면 인생에 대한 농담 같습니다. 그런 농담들을 앞뒤 가리지 않고 골라 밑줄 그으면 굉장히 산뜻하고 근사합니다. 그런데 그 말을 뱉은 곳이 창녀촌이라고 한 번 상상을 해보세요. 밤마다 호객 행위를 하는 길거리를 열 살 소년이 왔다 갔다 하면서 이 말 저 말 하는 겁니다. 정말 참혹하지 않습니까. 이 속에서 속세의 이익을 쫓지 않고 로자 아줌마와의 약속을 지킨 이야기입니다.

로자 아줌마가 반복해서 모모에게 묻지요. '모모 네가 나이가 들면 모모 너도 병든 내 곁을 떠날 거지?' 모모는 절대로 가지 않는다고 답하지요. 세상의 모든 사랑이 허물어질 때 모모만은 그 사랑을 지켜낸 이야기라고도 볼 수 있습니다. 그런 의미에서는 슬프지만 아름다운 이야기이겠지요.

『플랜더스의 개』

오늘 함께
생각해볼 작품은 『플랜더스의 개』
입니다.

위다라는 영국 작가가 쓴 100쪽쯤 되는 동화입니다. 우리나라에서
삼십대 후반부터 사십대까지 이 이야기를 모르는 사람은 없을 겁니다.
제가 초등학교 다닐 때 52부작 애니메이션으로 주말 아침마다 방송을
했으니까요. 거의 일 년 동안 넬로와 파트라슈의 이야기에 푹 빠져 지냈
습니다. 92년도인가요? '이오공감'이란 앨범에서 가수 이승환 씨가 〈플
랜더스의 개〉라는 노래까지 지었지요. 그후 시간이 한참 흐른 뒤, 제 딸
들이 초등학생이 되었을 때 이 52부작 DVD를 사서 함께 보며 울기도
했습니다. 초등학교 때 봐도 슬프고 어른이 돼서 다시 봐도 참 슬픈 이
야기였습니다.

원작을 처음부터 끝까지 찾아 읽기는 이번이 처음입니다. 52부작의 원작이니까 적어도 열 권쯤 되겠구나 싶었는데, 동화는 100쪽을 넘지 않습니다. 애니메이션 작가들이 이 동화를 바탕으로 많은 세부 사건들을 만들어 넣었다는 뜻이겠지요.

『플랜더스의 개』를 읽으면서 우선은 인간과 개의 관계를 고민하게 되었습니다. 동화작가 황선미 선생님도 『푸른 개 장발』이라고 자신이 직접 키웠던 장발이란 개 이야기를 책으로 펴내셨지요. 저도 어렸을 때 '에나'와 '에루야'라는 두 마리 개들과 함께 마당과 뒷동산을 뛰어다니며 놀았지요. 지금은 '뚱이'라는 마르치스를 한 마리 키우고 있습니다. 새벽에 책상 앞에서 소설을 쓰고 있으면, 이 녀석이 제 무릎에 올라와선 글 쓰지 말고 자기랑 놀자고 방해를 해대지요. SBS의 〈동물농장〉도 거의 빼놓지 않고 보는 편입니다. 매주 개가 한 마리씩 등장하지요. 다양한 이야기들이 그 개들과 함께 소개되어 시청자들의 가슴을 울렸다 웃겼다 합니다. 개들이 아주 옛날부터 인간과 함께 살아왔기 때문에, 그 개들과 관련된 이야기도 또한 매우 많은 것이지요. 저도 나중에 '에나', '에루야', '뚱이'가 등장하는 동화나 소설을 쓰지 않을까 싶습니다.

두 번째 든 생각은 『플랜더스의 개』가 지닌 비극성입니다. 가끔씩 출판사로부터 청소년 소설이나 어린이 동화를 써달라는 청탁을 받곤 합니다. 그때마다 저는 주저주저하지요. 그 이유는 출판사에서 바라는 밝고 건강한 이야기는 별로 쓰고 싶지 않다는 겁니다. 어린 시절 제게 큰 충격을 줬던 동화나 애니메이션은 착하고 밝고 건전한 이야기와는 거리가 멀었습니다. 대표적인 이야기를 꼽으라면, 『허클베리 핀의 모험』과 『플랜더스의 개』가 있겠군요.

『허클베리 핀의 모험』은 고약한 악동들의 모험담입니다. 톰 소여와 허클베리 핀이 집을 떠나 미시시피 강을 타고 내려가지요. 저도 오래 전에 학교를 벗어나서 난장판으로 사는 악동들에 대한 얘기를 한 편 쓴 적이 있습니다. 이 책을 검토한 어린이책 편집자가 그러더군요. 이 작품은 굉장히 비교육적 나아가 반교육적이기까지 하다고 말입니다. 이 책을 읽은 어린이들은 욕하는 걸 배울 것 같고, 가출할 것 같다는 겁니다. 어린이들은 학교보다 바다나 무인도에서 인생을 더 잘 배운다는 식의 이야기는 곤란하다고 하더라고요. 그래서 그 악동들에 관한 동화책은 출간하지 못한 채 지금도 제 책상 서랍에 들어 있지요.

사람들이 갖는 여러 감정 중엔 어두운 감정도 있습니다. 슬픔이나 두려움 말입니다. 어린이들이 이런 감정의 가치를 아는 것 또한 매우 중요하겠지요. 어린 시절 『플랜더스의 개』라는 텔레비전용 애니메이션을 보면서 저는 지독한 슬픔을 배웠습니다. 슬픔의 연속이니까요. 물론 잠깐 잠깐 파트라슈와 넬로가 함께 뛰노는 즐거운 시절이 있지만, 이 둘이 크리스마스에 죽을 때까지 계속 슬픔이 이어집니다. 52부작을 보면서 매주 아침마다 우는 아이를 떠올려보세요. 그게 바로 접니다. 삼십 분을 내리 울고 그리고 일주일을 기다렸다가 또 삼십 분을 울었지요. 그때보다 슬픔을 느끼고 많이 생각한 적이 없는 것 같습니다. 슬픔은 단순히 멀리 두고 극복할 대상이 아닙니다. 슬픔보다 기쁨이 훨씬 좋다고 강조해서도 안 되고, 기쁨에 관한 밝은 책들만 읽혀서도 안 됩니다.

진짜 슬픈 이야기를 가르쳐야 합니다. 행복해지기 위해 최선을 다

했지만 불행하게 죽을 수밖에 없는 소년의 이야기가 바로 『플랜더스의 개』입니다. 이제 부모가 되고 나니 이런 책을 읽으면 고통과 슬픔이 더 커집니다.

죽음을 직시하라고 알려주는 동화가 무척 드물지요. 산다는 게 얼마나 좋은지만 보여주는 동화가 대부분입니다. 죽음을 다루더라도 아주 아름답게 살짝 겉만 건드리고 넘어가지요. 소멸에 관한 책, 불행에 관한 책, 죽음에 관한 책이 우리네 동화에도 핵심으로 자리 잡아야 합니다.

오래 전 유럽 여행을 갔을 때 벨기에의 미술관에서 루벤스 그림을 하루 종일 감상했던 적이 있습니다. 루벤스는 혼자 작업한 작품도 있지만 제자들과 함께 큰 그림들을 굉장히 많이 그렸지요. 풍경화들도 참 많더군요. 『플랜더스의 개』에는 루벤스에 대한 존경심이 가득합니다. 넬로는 계속 생각합니다. 나는 가난하지만 나는 위대해질 거야. 위대한 아티스트가 되면 가난 따윈 아무런 문제도 없지. 가난을 극복하고 나면 여자 친구 알루아와 더 친하게 지낼 수 있을 거야.

그 애니메이션과 책을 계속 보게 만든 것은 넬로의 꿈이 결국엔 이루어지리란 기대 때문입니다. 부제도 '크리스마스 이야기'니까요. 크리스마스에 기적처럼 넬로에게 행운이 찾아들리라 시청자도 독자도 상상하는 겁니다. 미술대회에서 상도 받고 알루아와의 사랑도 이뤄지고 부자도 되고 파트라슈랑 행복하게 오래오래 살면 좋겠다는 바람 말입니다.

그런데 이 동화는 크리스마스 날 넬로와 파트라슈가 죽는 것으로 끝이 납니다. 꼭 보고 싶었던 루벤스의 그림을 성당에서 보고 죽은 것이 다행이라면 다행이겠지요. 하지만 넬로가 걸작을 보는 데 그치지 않고,

사람들한테는
우리가 필요치 않아
우리는 외톨이야

그와 같은 그림을 그려내는 화가로 성장했으면 얼마나 좋았을까요. 넬로의 절규가 내내 가슴을 찌릅니다.

> 넬로는 낮은 신음 소리를 내며 몸을 일으키더니 파트라슈를 꼭 끌어안았어요.
> "우리 여기서 함께 죽자, 사람들한테는 우리가 필요치 않아. 우리는 외톨이야."
> 넬로는 울먹이며 말했어요.   91쪽

넬로와 파트라슈의 죽음에 대한 마을 사람들의 안타까움이 나열되지요. 넬로가 진짜 실력이 좋다며 맡아서 지도하고 싶다는 화가도 뒤늦게 등장합니다. 이 어린이와 충견의 죽음은 세상이 얼마나 냉정하고 가난한 자를 위한 배려가 없는가를 여실히 드러내지요. 축복과 행복이 흐르는 크리스마스에도 말입니다.

> 넬로와 파트라슈는 함께 누렸던 삶 동안 그리고 죽은 후에도 서로 헤어지지 않았어요. 억지로 떼어내지 않고서는 갈라놓을 수 없게 넬로의 팔이 파트라슈를 꼭 끌어안고 있었으니까요. 넬로와 파트라슈가 살았던 작은 마을의 사람들은 잘못을 뉘우쳤습니다. 부끄럽고 미안한 마음에 넬로와 파트라슈에게 평온한 은총이 내리기를 기원했어요. 그리고 하나의 무덤을 만들어 서로 나란히 쉴 수 있게 해주었지요. 영원히…….   97쪽

재능이 있지만 가난하다는 이유로 그 꿈을 펼치지 못하고 쓸쓸히 죽어가는 이들이 지금도 많이 있지요. 『플랜더스의 개』를 통해 자신의 행복보다도 타인의 불행을 먼저 살피고 함께 슬퍼하는 마음을 배워야 하겠습니다.

『어린 왕자』

오늘은
너무나도 유명한 생텍쥐페리의 『어린 왕자』
입니다.

　기억할 수 없는 아주 오래된 어떤 지점에서부터 이 책을 읽었다고 말씀드리고 싶네요. 글자를 깨우치고 나서 혹은 글자를 알기 전에도 이 책 속의 그림들을 봤던 것 같다고나 할까요. 특히 첫머리에 나오는 보아뱀 그림이 인상적이죠. 어른들에게는 그게 그냥 모자로 보이지만, 애들한테는 코끼리를 소화시키고 있는 보아뱀 그림으로 보이니까요.

　아주 익숙한 작품이지만, 생텍쥐페리의 다른 책들을 두루 읽고 나니, 『어린 왕자』가 새롭게 보이는 측면이 있습니다. 『인간의 대지』라고 번역하기도 하고 『사람들의 땅』이라고 번역하기도 한 책이라든가 『야간 조종사』 같은 작품을 보면, 비행기 조종사였던 생텍쥐페리에겐 늘 불시착에 대한 두려움이 있었던 것 같아요. 죽느냐 사느냐 기로에 서는 거죠.

그런데 사막처럼 위험한 곳에 불시착을 하면 내내 겁이 나고 불안할 것 같지만 사실은 그렇지 않다는 겁니다. 두려움을 느끼는 거야 당연하죠. 그런데 불시착을 해서 누워 있으니 별이 너무 아름다운 겁니다. 행복이 몰려든다고나 할까요. 이렇게 그냥 탈진하여 홀로 죽을 수도 있겠지만 이 밤은 굉장히 아름답구나 하는 이율배반적인 상황에 들어가는 겁니다. 『어린 왕자』도 '옛날 옛적에 어린 왕자가 살았습니다.' 이렇게 옛 이야기를 들려주듯 쓸 수도 있는데 생텍쥐페리는 그렇게 하지 않습니다. 불시착한 조종사로서의 삶과 어린 왕자의 이야기가 왔다 갔다 하는 거죠. 당시 조종사들이 피하고 싶었던 가장 참혹한 현실과 또 가장 아름다운 환상이 교차한다고나 할까요. 그런데 이 소설에 등장하는 조종사가 친구 하나 없는 외톨이였다는 것이 눈에 띄네요. 홀로 남겨져서야 비로소 진실한 친구를 만나는 이야기가 『어린 왕자』일 수도 있겠습니다.

그래서 여섯 해 전에 사하라 사막에서 비행기가 고장을 일으킬 때까지 나는 진실한 말동무 하나 없이 홀로 살아왔다. 엔진 속 어딘가가 부서져 버린 사고였다. 정비사도 승객도 없었기에 나는 혼자서 그 어려운 수리를 시도해볼 수밖에 없었다. 그때는 정말 죽느냐 사느냐 하는 큰 문제였다. 마실 물이라곤 겨우 일주일치밖에는 남아 있지 않았다.   57쪽

이 책에 나오는 에피소드들은 매우 슬픕니다. 그리고 그 하나하나가

화두를 던지죠. 그중에서 제가 좋아하는 장면들을 뒤적여볼까요. 먼저 석양에 관한 겁니다.

나흘째 되는 날 아침 네가 말해준 덕택에 나는 그걸 알았지.

"나는 해 질 무렵을 좋아해. 해 지는 걸 보러 같이 가……."

"기다려야지……."

"기다리다니 뭘?"

"해가 지기를 기다려야지."

너는 처음에는 깜짝 놀라더니 이내 겸연쩍어 빙긋이 웃었지.

"아 참, 여기가 우리 집인 줄 알았네."

바로 그렇다. 다들 알겠지만 미국에서 정오일 때 프랑스에서는 해가 지고 있는 것이다. 프랑스로 단숨에 달려갈 수만 있다면 석양을 볼 수도 있을 것이다. 그러나 안됐지만 프랑스는 너무 먼 곳에 있다. 그러나 네 작은 별에서라면 의자를 몇 발짝 뒤로 물러 놓기만 하면 되었지. 그래서 보고 싶을 때는 언제나 황혼을 바라볼 수 있었지…….

"어떤 날은 마흔세 번이나 해가 지는 걸 보았어."

그리고 잠시 후에 말을 이었지.

"마음이 아주 슬플 때는 지는 해의 모습이 정말 좋아……."

"그럼 마흔 세 번이나 본 날 너는 아주 슬펐구나?"

그러나 어린 왕자는 아무 대답도 하지 않았다. 32쪽

어린 왕자가 사는 그 별은 굉장히 작아서 의자를 뒤로 빼면 해가 넘어가는 걸 막을 수 있는 겁니다. 그래서 어느 날은 마흔세 번이나 의자를 뒤로 뺀 거죠. 개와 늑대의 시간이라고도 하는 황혼을 바라보면서 계속 그 어둑함에 머무르는 사람은 영혼이 굉장히 슬픈 사람이라는 겁니다. 참 이게 소박하고도 쓸쓸한 삶이라는 생각이 들죠.

그다음 제가 좋아했던 장면은 술꾼이 사는 별에 관한 이야기입니다.

그다음 별에는 술꾼이 살고 있었다. 이번 방문은 매우 짧았지만 어린 왕자를 몹시 우울하게 만들었다.

"뭘 하고 있어요?"

빈 병 한 무더기와 술이 가득 찬 병 한 무더기를 죽 늘어놓고 술꾼이 말없이 앉아 있는 걸 보고 어린 왕자가 물었다.

"술 마시지?" 금세라도 울 듯한 표정으로 그가 대답했다.

"왜 마셔요?"

"잊기 위해서지."

"잊다니 뭘 잊는다는 거죠?"

어린 왕자는 측은한 생각이 들어서 다시 물었다.

"부끄러움을 잊기 위해서지."

고개를 떨어뜨리며 술꾼이 대답했다.

"뭐가 그렇게 부끄러워요?"

그를 좀 위로해줄까 싶어서 어린 왕자가 말했다.

"술을 마시고 있다는 게 부끄러워!" 하고는 술꾼은 입을 다물었다.

어이가 없어진 어린 왕자는 그곳을 떠나버렸다.

"어른들이란 정말이지…… 알 수가 없어." 하고 중얼거리며 그는

다시 여행길에 올랐다.　　　　　　　　　　　57~58쪽

　술을 마셔보면 알지 않습니까. 처음에는 술을 마시는 이유가 있지만, 나중에는 그냥 이유 없이 술을 마시지요. 술이 있으니까 먹는 겁니다. 그런데 그렇게 술을 마시면 또 부끄러워집니다. 내가 왜 이러고 있지? 그런데 부끄러운 게 싫은 거죠. 그러니까 술을 빨리 먹고 취해야겠다, 부끄러움을 잊어버려야겠다. 악순환입니다. 어린 왕자는 정말 이런 어른들을 이해하기 어려웠을 겁니다.

　어린 왕자에서 제일 많이 인용되는 대목은 여우랑 만나 나누는 대화입니다.

　　바로 그때 여우가 나타났다.
　　"안녕!" 여우가 인사했다.
　　"안녕!"
　　어린 왕자가 공손히 인사하고 돌아섰으나, 아무것도 보이지 않았다.
　　"여기야, 사과나무 아래……." 그 목소리가 말했다.
　　"넌 누구야? 참 예쁘구나……." 어린 왕자가 말했다.
　　"난 여우야."
　　"이리 와서 나랑 놀아줘. 난 정말 슬퍼……." 어린 왕자가 말했다.
　　"난 너와 함께 놀 수 없어." 여우가 말했다. "나는 길들여지지 않았으니까."
　　"아! 그럼 미안해."
　　그러나 잠시 생각한 후 어린 왕자는 다시 말했다.

　　　　　　　　　　　　　　　　　　　　어린 왕자

"근데 '길들인다'는 게 뭐지?"

"너, 여기 사는 애가 아니구나. 무얼 찾고 있니?"

"난 사람들을 찾고 있어. 그런데 '길들인다'는 게 뭐니?"

"사람들은 총을 가지고 있어서 사냥을 하지. 그게 참 골치 아픈 일이야! 그들은 닭도 키우지. 그게 그들의 유일한 관심사야. 너도 닭을 찾고 있니?" 여우가 물었다.

"아니, 난 친구들을 찾고 있어. '길들인다'는 게 뭐야?"

"사람들 사이에서 너무 쉽게 잊혀진 어떤 것인데 그건 '관계를 만든다'는 뜻이야."

"관계를 만든다고?"

"물론이지. 넌 나에게 아직은 많은 다른 소년들과 다를 바 없는 한 소년일 뿐이야. 그래서 난 너를 필요로 하진 않지. 또 너도 나를 필요로 하진 않고. 너에게 나는 다른 많은 여우들과 다를 바 없는 여우 한 마리에 지나지 않거든. 그렇지만 만약 네가 날 길들인다면 우리는 서로를 필요로 하게 되는 거야. 너는 나에게 이 세상에서 단 하나뿐인 존재가 되는 거고, 나도 너에게 세상에서 유일한 존재가 되는 거야."

88-90쪽

중고등학교 시절 연애편지 쓸 때 가장 많이 슬쩍 가져와서 써먹은 장면입니다. 삶에서 관계를 맺는 것이 너무너무 중요하다, 그러기 위해선 서로 길들여져야 한다며 속마음을 내비치는 식이죠. 그런데 길들이기 위해선 어떻게 해야 할까요. 그 정답이 『어린 왕자』에 또 실려 있습니다. 연애편지를 쓸 때 두 번째로 많이 인용되는 부분이죠.

"어른들이란
정말이지……
알 수가 없어."

"네 장미를 그토록 소중하게 만든 건 그 꽃에게 네가 바친 그 시간들이야."

"내가 그에게 바친 시간들이다……."

어린 왕자는 기억해두려는 듯 다시 중얼거렸다.

"사람들은 그 진리를 잊어버린 거야. 그렇지만 넌 잊어선 안 돼. 네가 길들인 것에 대해 넌 언제까지나 책임이 있는 거니까. 너는 네 장미에 대해 책임이 있어……."

"나는 내 장미에게 책임이 있다……."

결코 잊지 않으려는 듯 어린 왕자는 되풀이했다.　　　97쪽

참 멋지고 의미심장하지요. "네 장미를 그토록 소중하게 만든 건 그 꽃에게 네가 바친 그 시간들"이라니! 그런데 생텍쥐페리는 어린 왕자를 잊지 않기 위해서 무엇을 하고 있을까요? 생각해볼 수 있거든요. 25쪽에서 넷째 줄을 보세요.

"내가 여기서 그의 얘기를 쓰는 것은 그를 잊지 않기 위해서이다."

　　　25쪽

내가 장미를 위해 시간을 쏟는 것과 생텍쥐페리가 어린 왕자를 위해 이 이야기를 쓰는 건 똑같은 길들임의 과정이지요.

결말부는 굉장히 슬픕니다. 어린 왕자가 일 년 동안 지구를 둘러보고 다시 자기 나라로 돌아가는 거죠. 뱀한테 물려 죽는 장면이 나옵니다. 많이 울었던 거 같아요. 왜 항상 이럴 땐 뱀이 등장하는 걸까요.

생텍쥐페리는 이 소설의 삽화까지 다 그렸습니다. 삽화를 찬찬히 들여다보면, 아 정말 어린 왕자가 딱 요렇게 생겼을 거 같아요. 그림과 글이 잘 어우러진 대표적인 작품입니다.

생텍쥐페리의 이야기들은 약간 산만한 느낌이 들기도 합니다. 이야기를 꼼꼼하게 이어붙여 감정을 쌓아가는 방식이 아니라 사랑스런 비약을 통해 많은 감정들을 담기 때문이죠. 읽는 사람마다 좋아하는 장면이 제각각인 것도 이 때문입니다. 여러분은 『어린 왕자』에서 어느 별이 가장 마음에 드시나요?

『남방우편기』

오늘은
생텍쥐페리의 데뷔 장편 『남방우편기』
입니다.

1929년에 출간된 작품으로, 그때 생텍쥐페리 나이가 스물아홉 살이
었습니다. 『남방우편기』라는 제목 속에 이 소설의 내용이 다 담겼습니
다. '남방'이라는 건 프랑스를 출발해서 아프리카 사하라 사막을 지나
남아메리카 페루와 칠레까지 내려가기 때문이지요. '우편기'는 말 그대
로 편지를 전하는 비행기입니다. 여기서 삼만 통의 편지가 지닌 의미를
생텍쥐페리는 이렇게 멋진 문장으로 풀지요.

3만 명의 연인들을 살아가게 해주는 게 바로 우편물이었던 것이
다…… 연인들이여, 조금만 기다려라. 저녁놀이 불타는 가운데, 우리

가 그대들에게 당도할 것이다.   39쪽

　그 행로가 쉽지만은 않습니다. 우편기들은 종종 문제를 일으켜 불시착을 하지요. 그런데 그 비행기를 찾아가보면 조종사는 착륙 과정에서 목숨을 잃거나 근처 강도들에게 살해되기도 합니다. 그런데 편지 다발은 그대로 있지요. 강도들도 편지 다발은 돈이 될 턱이 없으니 그냥 두고 간 겁니다. 그러면 그다음 조종사가 그 편지를 챙겨 다시 출발하는 겁니다. 다시 말해 이 남방 여행에서 가장 중요한 핵심은 편지인 겁니다. 조종사를 소모품이라고 하면 지나친 비약일까요.

　생텍쥐페리는 두 가지 측면에서 흥미롭습니다. 먼저 그는 계속 비행 이야기만 합니다. 『어린 왕자』든 『사람들의 땅』이든 『야간비행』이든 비행하는 이야기만 줄기차게 반복하는 것이죠. 언젠가 사석에서 이 이야기를 했더니, 불문학 전공자인 성균관대 정지용 교수는 이렇게 설명을 덧붙이더군요.
　대부분의 작가들은 차이를 계속 만들고자 하지만 비슷한 작품 세계를 반복하는데, 생텍쥐페리는 반복을 계속하는 것처럼 보이지만 차이를 꾸준히 만들어내는 작가다.
　맞는 것 같은가요? 이런 경향 때문에 생텍쥐페리의 작품들에서는 늘 비행기가 나오고 사막으로 대표되는 사람들이 살지 않는 땅이 나오고 별이 나오고 조종사가 나옵니다.
　또 하나는 탈장르 혹은 복합장르적인 성격입니다. 그의 책을 읽다보면, 이게 장르가 뭐지? 소설인가, 에세이인가, 동화인가? 명확하지 않은

겁니다. 처녀작인 『남방우편기』를 읽고 난 후의 느낌은 그래도 이 작품이 가장 소설에 가깝다는 것이지요. 로맨스도 있고요. 묘사도 풍부하고 내면 갈등도 치열합니다.

뭐니뭐니해도 『남방우편기』에는 빼어난 문장들이 흘러넘칩니다. 가령 "물처럼 맑은 하늘이 별들을 목욕시켰다. 이어 밤이 찾아왔다."(6쪽) 도입부부터 눈길을 확 끌지요. 폭풍우 속으로 비행기를 몰고 들어갈 때의 느낌을 또 이렇게 적었습니다. "폭풍우는 모든 걸 허물어뜨리는 자의 곡괭이처럼 비행기를 두들겨댔다."(35쪽) 빗방울이 들이치는 것을 곡괭이로 두들겨대는 것에 비유하다니, 놀라울 따름이지요. 여자친구를 포옹할 땐 이런 표현을 했어요. "그는 손으로 이 여인의 허리를 만져본다. 사람의 몸 가운데 가장 무방비인 곳이다."(149쪽)

『남방우편기』에는 두 가지 이야기가 있습니다. 하나는 편지를 전달하는 비행사들의 모험 이야기이고요. 또 하나는 그 비행사의 사랑이야기죠. 우선 사랑이야기를 볼까요.

비행사인 베르니스는 휴가를 얻어서 파리에 갑니다. 그리고 어렸을 때부터 좋아한 두 살 연상의 여인 주느비에브와 재회하지요. 그런데 주느비에브는 결혼을 했고 아이까지 있습니다. 그러나 결혼 생활은 불행하지요. 아들까지 죽은 후론 주느비에브의 마음이 굉장히 흔들립니다. 그럴수록 더욱 베르니스에게 기대게 되지요. 베르니스가 결정을 내립니다. 함께 도망을 가기로.

그런데 이 대목이 중요합니다. 야반도주를 했지만 결국 돌아오게 됩니다. 돌아온 이유가 특이하지요.

> 그녀에게 호화로운 삶이 필요한 건 아니었다. 하지만 사물에 깃든
> 이 시간만큼은 이제 더 이상 소유하지 못할 터였다.　　　104쪽

이 부분은 약간의 설명이 더 필요합니다. 주느비에브가 아주 부자고 베르니스가 가난한 비행사이기 때문에 마음이 바뀐 것이 아닙니다. 주느비에브는 자기 집에서 사물들과 함께 보낸 시간들이 있는 거죠. 시간들이 사물들 속에 다 박혀 있는데 그걸 버리고 떠나 다른 낯선 곳에서 다른 사물들과 함께 사는 것이 두려워진 겁니다. 처음에는 그 두려움을 막연하게 받아들이고 극복할 수 있으리라 여겼지만, 낯선 사물들을 하나씩 만나다 보니 못 살겠단 결론에 이른 겁니다. 빈부의 차이라기보다는, 주느비에브가 애착을 가진 사물로부터 떠나지 못한다는 걸 새삼 깨달은 것이죠.

베르니스는 이 이별을 받아들입니다. 무척 가슴이 아팠겠지만 이 사랑이 오래 지속될 수 없음을 그도 인정한 겁니다.

> 그녀는 여전히 그를 사랑하고 있는지 모른다. 그러나 연약한 소녀와 다를 바 없는 이 여자에게서 너무 많은 것을 요구하면 안 된다. 물론 그는 '당신에게 자유를 돌려주겠소.'라는 식의 한심한 문장은 내뱉을 수 없었다. 그는 자신이 무엇을 할 것인지, 자신의 미래에 대해 이야기했다. 그가 계획하고 있던 삶 속에서 그녀는 포로가 아니었다. 그에게 고마움을 표하기 위해, 그녀는 작은 손을 그의 팔에 얹었다.

연인들이여,
조금만 기다려라

저녁놀이 불타는 가운데,
우리가 그대들에게
당도할 것이다

"당신은 내 전부예요. 사랑하는 당신…… 당신이 내 전부예요."

그건 사실이었다. 하지만 그는 이 말을 듣고, 자신들이 서로 인연이 아님을 깨달았다.

127-128쪽

이별하는 방법은 제각각이겠지요. 주느비에브는 계속 머뭇거리며 먼저 돌아서지 않으려 듭니다. 그래서 이런 식의 어쩌면 알맹이 없는 대화가 이어지는 거지요. 여자는 사랑한다고 계속 이야기합니다. 그런데 남자는 여자가 사랑한다고 말할수록 인연이 아님을 깨닫습니다. 여자가 정말 이 남자와 정신없이 도망가고 싶다면, 사랑 운운하며 시간을 끌지 않겠죠. 돌아가야 하니까, 돌아가서 헤어져야 하니까, 여자는 계속 '사랑'이라고 하는 어쩌면 매우 추상적인 단어를 부여잡는 겁니다. 이땐 남자가 끝맺을 수밖에 없지요. 베르니스는 주느비에브와 헤어져 비행 본부로 돌아옵니다. 그리고 어렸을 때부터 함께 자란 친구이자 동료인 '나'에게 이 이야기를 들려준 겁니다.

베르니스는 비행기를 몰고 남방으로 떠납니다. 그리고 불행하게도 비행기와 함께 베르니스는 실종되고 맙니다. 수색대가 비행기를 찾고 조종사의 때이른 죽음을 전하는 무전 내용은 너무나도 무미건조하지요.

무전: 여기는 세네갈 생 루이. 툴루즈에 알림. 프랑스발 남아메리카행 우편기 티메리스 동쪽에서 발견됨. 부근에 비적 떼가 있는 것으로 추정됨. 조종사는 피살되었고 기체 파손됨. 우편물은 무사함. 우편물 다카르로 공수했음.

233쪽

남방우편기

베르니스는 사랑도 실패하고 편지도 목적지에 전달하지 못한 겁니다. 또 다른 조종사가 이 우편물을 챙겨 남방으로 다시 떠나겠지요. 격정적인 러브 스토리의 결말 치곤 너무 갑작스럽고 덧없기까지 합니다.

『남방우편기』를 완독한 후에 이 시절 조종사들의 특별한 삶을 곱씹어보게 되었습니다. 그들은 늘 '마지막'이란 단어를 옆구리에 차고 다녔던 겁니다. 이번 비행이 마지막일지도 모른다. 이 사랑이 마지막일지도 모른다. 생텍쥐페리는 이런 강박에 빠진 조종사가 비행을 나서기 전에 하는 여러 행동들을 이 책의 전반부에서 상세히 설명하고 있지요.

> 통보를 받은 조종사는 그날 밤으로 자신을 둘러싸고 있던 모든 관계를 끊고, 나무 상자에 못을 박고, 자기 방에 있던 사진과 책들을 모두 손수 걷어낸 뒤, 유령이 왔다간 것보다 더 흔적을 남겨놓지 말아야 했네. 때로는 그날 밤 품에 안긴 여인의 두 팔을 풀어놓아야 할 때도 있지. 여인들은 타일러봐야 아무 소용이 없고 이성적으로 이해시키려 해서는 힘들기 때문에 그냥 그저 지쳐 떨어지길 기다려야 할 때도 있었지. 그런 다음 새벽 3시쯤 되면 푸근한 잠에 빠져든 여인을 살그머니 내려놓고 빠져나와만 했네. 이별에 체념하는 것이 아니라 자신의 극심한 슬픔을 받아들이는 셈이었지. 그러고는 자신에게 타이르고는 했지. '저 봐, 우는 것을 보니 이제 체념한 모양이군.' 하고 말이야.
>
> 25쪽

생텍쥐페리도 무수히 이와 같은 단절을 비행 전날 했을 겁니다. '이

별에 체념하는 것이 아니라 자신의 극심한 슬픔을 받아들이는 셈'이라는 표현이 내내 마음을 찌릅니다. 결국 생텍쥐페리도 『남방우편기』의 베르니스처럼 갑작스런 죽음에 닿고 말았으니까요. 동료 비행사들의 죽음을 목도하면서 자신의 참혹한 미래를 예감하는 기분은 어떠할까요.

한편으론 이런 생각도 해봅니다. 생텍쥐페리에겐 이런 거듭된 단절이 너무나도 강한 충격이었으니까, 삶에서 만나게 되는 다른 갈등이나 마찰은 충격으로 받아들이지도 않았을 것 같습니다. 전쟁 전야에 공포를 느끼면서도 담담하게 출격 준비를 하는, 비행이 곧 자신의 직업인 존재들만이 갖는 특별한 감정에 근거하여, 생텍쥐페리는 삶과 사랑과 죽음을 바라봤던 것이겠지요.

『연인』

오늘은
마르그리트 뒤라스의 소설『연인』
입니다.

뒤라스의 책들도 참 많이 읽었습니다만, 여러 책들 중에서 『연인』이
가장 핵심적인 작품인 것 같습니다. 아니 에르노와는 다른 방식으로 일
인칭 소설의 대가라고 부를 수 있죠. 이 소설은 뒤라스가 일흔 살에 발
표한 작품인데요, 뒤라스 할머니가 사랑에 있어서 얼마나 탁월한 '선수'
인가를 능청스럽게 보여주는 소설이란 생각이 듭니다. 첫 장면부터 그
렇습니다.

어느 날 공중집회소의 홀에서 한 남자가 다가왔을 때, 나는 이미
노인이었다. 그는 자기소개를 하고 나서 이렇게 말했다. "전 오래 전

읽어가겠다

부터 당신을 알고 있었습니다. 모두들 당신은 젊었을 때가 더 아름다
웠다고 하더군요. 그러나 제 생각에는 지금의 당신 모습이 그때보다
더 아름다운 것 같습니다. 저는 지금의 당신, 그 쭈그러진 얼굴이 젊
었을 때의 당신 얼굴보다 훨씬 더 아름답다는 사실을 말씀드리려고
왔습니다."

9쪽

이건 완전히 작업 멘트죠. 애독자가 와서 이렇게 말을 할 수는 있을
것 같습니다. 그런데 그걸 『연인』이란 자기 소설의 첫머리로 삼는다는
건 엄청난 자신감이죠. 저는 이 소설의 첫 장면을 읽으면서 과연 나는
이렇게 쓸 수 있을까 하는 생각이 들었습니다. 내가 칠십 살쯤 됐을 때
어떤 아름다운 여자 독자가 와서, 당신은 너무 잘생겼습니다, 사십 년 전
부터 당신을 보아왔는데 지금이 훨씬 낫습니다, 그런 말을 듣기도 어렵
겠지만, 설령 듣는다고 해도 소설의 첫머리에 딱 이렇게 놓고 시작하는
건 굉장히 어렵습니다. 뒤라스의 소설은 대부분 이런 경향을 띱니다. 자
기과시라고나 할까요. 철저히 자기중심적 글쓰기의 귀재입니다. 그런데
일인칭 소설이라는 게 어떻게 보면 결국은 자기과시로부터 시작하는 것
같습니다. 자기를 드러내지 않고는 소설이 진행되지 않으니까요.

저는 『파리의 조선궁녀 리심』이라는 소설을 쓰면서, 18세기부터 19
세기까지 동양을 배경으로 창작된 로맨스 소설들을 두루 읽을 기회가
있었습니다. 어떤 패턴이 보이더군요. 서양 남자가 동양의 어느 마을에
왔다가, 동양의 여자와 사랑에 빠지는 이야기들입니다. 거칠게 단순화
시켜보자면, 제국주의는 힘이 있고 강하고 멋진 남자고, 식민 지배를 받
는 쪽은 연약하고 힘없는 여자며, 그래서 남자인 내가 여자인 너를 구원

해준다는 구조 말입니다. 제국주의자들의 시선이죠. 『연인』은 정확하게 거꾸로 갑니다. 뒤집어놓고 있어요.

열다섯 살 먹은 서양 여자아이가 등장합니다. 그미는 자기보다 훨씬 나이도 많고 돈도 많은 중국 남자를 베트남에서 만나죠. 만나서 사랑을 합니다. 소설을 찬찬히 읽어보면 두 사람은 사랑을 나눌 때 한마디도 안 해요. 뭐냐 하면 둘이 말로는 커뮤니케이션이 안 된다는 거죠. 말로는 대화를 아예 하지 않고 몸으로만 대화를 하는 사랑인 겁니다.

지금으로 치면 중학교 삼학년 정도 되는 나이잖아요. 기숙학교에서 생활하죠. 수업이 끝나고 나면 검은 리무진이 딱 대기하고 있고, 그미는 그 차에 오릅니다. 그 차는 두 남녀만의 비밀공간으로 가고요. 가자마자 사랑을 나눕니다. 육체적인 사랑을 나눈 후 다시 돌아오는 상황이 반복되는 거죠. 학교에서는, 학교뿐 아니라 부모, 주인공의 엄마는 이런 사실 자체를 부정하죠. 그런 일이 있다고 누가 얘기하면, 엄마가 딸을 딱 세워놓고 '보세요, 얘가 남자를 알 만하게 생겼습니까, 얘는 아직 그런 걸 알 리가 없다' 그러면서 윽박지르게 되고요. 그렇지만 그건 사실이니까, 교장선생님이 전교생을 모아놓고 '이 여자애랑 아무 말도 하지 마라, 접근하지도 말고 대화를 나누지 말라'고 공식적인 왕따를 시킵니다. 흥미로운 건 그미가 그런 상황에서 더 행복했다는 거예요. 자기는 수업만 마치면 사랑을 나눌 남자도 있고, 학교에 오면 자기가 무슨 짓을 해도 아무도 자기를 건드리지 않으니까 인생에서 가장 행복한, 자유로운 시기가 열다섯 살 때였다는 거죠.

소설을 유심히 읽어보면 그미가 진짜 사랑한 이는 중국인 남자가 아니고 작은오빠였어요. 큰오빠와 작은오빠 중에서 엄마는 큰오빠만 좋아했죠. 엄마가 큰오빠에게 모든 걸 다 해주니까, 큰오빠는 작은오빠와 소녀를 심하게 때리고 못살게 굴었죠. 소녀는 큰오빠를 미워합니다. '큰오빠가 죽었으면 좋겠다, 큰오빠가 죽는 게 내 인생의 소원이다.' 이렇게 노골적으로 써놓고 있지요. '나는 작은오빠를 사랑했다.' 하지만 그건 근친관계니까 뭔가 벽이 있습니다. 작은오빠에 대한 사랑을, 이 중국 남자에게 쏟았던 것 같아요. 그래서 만나자마자, 바로 그냥 사랑에 들어가게 됩니다.

이제 중국 남자의 입장으로 가볼까요. 62쪽에 이런 문장이 있습니다.

그의 영웅심 그것이 바로 나이고, 그의 노예근성, 그것은 그의 아버지의 재산이다.

중국 남자는 갑부의 아들입니다. 그래서 이 사람은 아버지 말을 들어야 돼요. 이 사람의 소원은 자기 아버지가 빨리 죽는 겁니다. 자기 아버지를 만나고 와서 절망에 빠져 있는데, 그 절망의 근거는 아버지가 오래 살 것 같다는 겁니다. 아버지의 돈을 받아내기 위해서는 아버지가 말하는 걸 다 들어야 하는 노예인 겁니다. 근데 이 남자는 아버지가 시킨 것 중 유일하게 아버지의 룰에서 벗어난 것이 프랑스 소녀를 만나서 사랑을 나눈 겁니다. 아, 그래도 나는 뭔가 살아 있다, 이런 걸 여기에서 찾는 거지요. 근데 결국은 아버지 말을 듣게 됩니다. 아버지가, 헤어져! 이렇게 명령하니까 중국 남자는 그미를 떠납니다. 그미도 진정 사랑한 건 작

나는 글을 쓴다고
생각하면서도
한 번도
글을 쓰지 않았다

사랑한다고 말하면서도
한 번도
사랑하지 않았다

은오빠였으니까 중국 남자와 육체적으로는 교감을 했지만 이별을 받아들이는 것이고요. 소설의 마지막 부분엔 뒤라스가 보여주는 자기과시 혹은 능청스러움의 끝이 자리잡고 있습니다. 이 문장들을 보기 전에 『더 리더』라는 소설을 언급하고 싶네요. 영화로도 상영된 바로 그 작품입니다.

『더 리더』는 『연인』과 정반대 구조입니다. 순박한 소년 마이클이 있고, 나치에 부역을 했던 나이 많은 여자 한나가 있으니까요. 한나는 이 소년과 사랑을 나눕니다. 그런데 둘 사이에는 비밀이 있었죠. 한나는 글을 몰랐던 겁니다. 한나는 이 사실을 끝까지 숨긴 채 죄를 뒤집어쓰고 감옥에 갑니다. 한나가 글을 모르기 때문에 수용소에서 명단을 확인하고 사형을 집행하는 일을 주도적으로 할 수 없었다는 사실을 마이클이 증언하면 한나의 죄는 경감될 수 있지만, 마이클은 주저합니다. 나치 전범인 한나와 사랑을 나눈 사실이 알려지는 것이 두려웠기 때문이겠죠. 마이클은 한나를 위해 책을 읽은 것을 녹음하여 감옥으로 보냅니다. 한나는 마이클의 목소리를 들으면서 책을 구해 읽어 문맹에서 벗어나지요. 이 작품에 대해선 따로 논의할 자리를 마련하기로 하고, 오늘은 『더 리더』의 마지막 부분만 살펴보도록 하죠.

한나가 오랜 감옥살이를 마치고 출옥하기 직전에 둘은 만납니다. 그런데 한나는 마이클을 여전히 사랑하고 있는 거예요. 왜냐하면 마이클이 소년이었을 때, 책 읽어줘! 이러면 마이클이 와서 책을 읽어줬고, 그 다음엔 격정적인 사랑을 나눴거든요. 그러니까 감옥에 있는 기간 내내 마이클이 나에게 책을 읽어줬으니까 나를 사랑하는 게 틀림없어, 생각했던 겁니다. 그래서 나오자마자 그 연장선상에서 마이클의 손을 잡고 싶고 사랑을 나누고 싶은데, 마이클은 그게 아닌 거죠. 사랑의 행위라기보다는 한나가 글을 모른다는 사실을 증언하지 않고 회피한 것에 대한 자책과 미안함 때문에 책 읽는 자신의 목소리를 녹음해서 감옥에 보냈던 겁니다. 한나도 결국 이 사실을 알게 되지요. 사랑은 깨어지고 한나는 자살합니다.

『연인』도 정확하게 『더 리더』의 결말을 따라가는 듯합니다. 한때는 열렬히 사랑했으나 이젠 다 지난 시절의 뜨거움에 지나지 않는다는 식 말이죠. 소설의 마지막에 중국인 남자로부터 전화가 오죠. 그미는 할머니가 되었습니다. 그 사이에 애도 낳고, 결혼도 하고, 이혼도 했지요. 저는 결국 두 사람이 만나보니까 현실은 이렇게 냉정하고 그래서 씁쓸한 결말에 이르지 않을까 추측했습니다. 하지만 우리 뒤라스 할머니는 절대 그렇게 하지 않죠. 그러면 자신의 사랑이 산산이 다 깨어지니까요.

전화가 옵니다. 전화에서 그 남자는 말하죠.

> 그는 잠깐 뜸을 들인 후 이렇게 말했다. 그의 사랑은 예전과 똑같다고. 그는 아직도 그녀를 사랑하고 있으며, 결코 이 사랑을 멈출 수 없을 거라고. 죽는 순간까지 그녀만을 사랑할 거라고. 137쪽

엄청난 판타지입니다. '나는 늙었지만 나는 아름답다'로 시작해서, '내가 열다섯 때 사랑했던 남자는 내가 칠십 살이 돼도 여전히 나를 사랑하고 있다'로 끝나는 로맨스 소설인 거죠.

이렇듯 결말은 판이하지만 『더 리더』와 『연인』의 공통점을 하나만 들자면, 일인칭 소설들은 결국은 비밀이 핵심인 것 같습니다. 그 비밀은 소설의 화자가 되는 소설가가 밝히지요. 『더 리더』에서도 그 남자가 나중에 커서 소설을 써서 밝히게 되고요, 『연인』도 결국은 뒤라스가 늙어서 '우리에게는 비밀이 있는데, 나에겐 평생 말하지 않은', '나는 글을 쓴다고 생각하면서도 한 번도 글을 쓰지 않았다. 사랑한다고 말하면서도 한 번도 사랑하지 않았다' 이렇게 말하면서 내가 평생 쓰지 않았던 게 뭐냐 하면 열다섯 살 때 중국 남자랑 처절하게 사랑을 했다는 겁니다. 그게 자기 인생의 비밀이었고, 그 인생의 비밀을 독자들에게 전달해주는, 이게 일인칭 고백소설의 묘미인 것 같습니다. 인생을 흔들 만큼 아주 강력한 비밀이지요. 여러분에겐 평생 간직하고 싶은 사랑의 비밀이 있으신가요?

연인

『
모
모
』

오늘은
『모모』입니다.

미하엘 엔데(1929-1995)라고 하는 독일 작가가 쓴 책이고요. 이 책을 여러 판본으로 읽어왔습니다. 지금 생각해보니 그 책들은 축약본이었네요. 이번에 읽은 완역본이 360쪽이 넘으니까요.

이 작품이 단순히 어린이를 위한 동화가 아니란 생각이 들었습니다. 1970년에 출간되었으니, 시간이 사십 년도 더 흘러갔네요. 그런데 지금 우리 이야기를 하는 것 같아요. 특히 모모의 모습에 대비되는, 치열한 입시 경쟁 속 중고등학교 학생들 모습이 자주 떠오르더군요.

주인공은 모모라는 소녀입니다. 여자 허클베리 핀쯤으로 상상하셔도 좋습니다. 책 첫머리에 자세하게 모모에 대한 설명이 있습니다.

아닌 게 아니라 모모의 모습은 약간 이상했다. 깔끔함과 단정함을 중요하게 생각하는 사람이라면 놀랄 정도다. 키는 작았고, 말라깽이였다. 그래서 아무리 자세히 봐도 겨우 여덟 살짜리인지, 아니면 벌써 열두 살이 된 소녀인지 도무지 알 수가 없었다. 아이의 머리는 칠흑같이 새까만 고수머리였는데, 한 번도 빗질이나 가위질을 한 적이 없는 듯 마구 뒤엉켜 있었다. 깜짝 놀랄 만큼 예쁜 커다란 눈은 머리 색깔과 똑같이 까만색이었다. 거의 언제나 맨발로 돌아다녀서 발 역시 새까맸다. 모모는 겨울에만 가끔 신발을 신었다. 하지만 그 신발은 언제나 짝짝이인데다가 너무 헐렁했다. 하지만 그 애가 갖고 있는 것이라곤 어디선가 주웠거나 선물로 받은 것뿐이어서 그럴 수밖에 없었다. 색색가지 알록달록한 천을 이어 붙여 만든 치마는 복사뼈까지 치렁치렁 내려왔다. 모모는 그 위에 다 낡아빠진 헐렁한 남자 웃옷을 걸치고 있었다. 기다란 소매는 손목까지 걷어올렸다. 하지만 소매를 잘라낼 생각은 없었다. 앞으로 키가 더 커질 것을 미리 계산했기 때문이다. 게다가 또 언제 그렇게 주머니가 많이 달린, 멋있고도 실용적인 웃옷을 얻을 수 있겠는가.   14쪽

이것저것 다양하게 묘사했지만 결론은 고아에 거지 소녀라는 겁니다. 집도 절도 없이 떠돌아다니던 모모라는 아이가 어느 날 마을에 나타납니다. 원형극장이 있는 공터에서 혼자 사는 거예요. 그런데 그 마을 사람들이 무척 착했나봐요. 이름과 부모와 고향을 묻습니다. 모모는 모르겠다고 답합니다. 나이를 물어보니 백 살이라고 합니다. 장난치지 말라고 하니, 백두 살이라고 고쳐 대답합니다. 모모에게는 숫자에 대한 개

넘이 없습니다. 더하기도 빼기도 배운 적이 없습니다. 마을 사람들은 모모를 데리고 가서 마을 사람 중 한 사람 집에서 머물며 돌보아주려고 합니다. 그러나 모모는 스스로 자기를 돌본다고 답하며, 그냥 이 공터에 살게 해달라고 합니다. 마을 사람들은 의논 끝에 함께 모모를 보살피기로 하고 공터에 집을 하나 고쳐 지어주지요. 그래서 모모가 그 마을의 사람이 됩니다.

모모는 마을 사람들의 귀여움을 독차지합니다. 그들이 모모를 좋아하는 가장 큰 이유는, 모모가 사람들의 말을 잘 들어주는 겁니다. 누가 고민을 이야기하면 모모는 중간에 대화를 끊지 않고 끝까지 듣습니다. 두 시간이고 세 시간이고 계속 듣습니다. 그렇게 이야기를 하다 보면 문제가 저절로 해결되기도 하지요. 가령 A라는 사람과 B라는 사람이 모모 앞에 와서 싸웁니다. 모모에게 자초지종을 듣고 판정을 내려달라고 합니다. A는 B한테 섭섭한 것을 주욱 이야기합니다. B는 A한테 불만인 것들을 막 이야기하지요. 모모는 들을 뿐입니다. 그런데 어느 순간 보면, 이야기하던 두 사람이 부둥켜안고 화해합니다. 그리고 모모한테 문제를 해결해줘서 고맙다고 인사합니다. 모모, 너 때문에 다툼이 해결되었다고 말이죠. 모모는 그냥 듣기만 했는데 말입니다.

사람들의 이야기를 끝까지 듣는 건 모모에게 시간이 무진장 많기 때문입니다. 마을 사람들은 생업이 있기에 시간을 끝없이 쓸 수 없습니다. 이 일을 하고 나서 짬을 내어 쉬더라도 곧 다른 일을 해야 합니다. 하지만 모모는 꼭 지금 해야만 하는 일이 없습니다. 그러니까 누군가가 고민을 이야기하면 그 사람의 이야기를 충분히 들을 여유가 있는 겁니다. 오직 모모만이!

또한 모모는 상상력이 풍부한 아이입니다. 상상을 하면 그대로 밀어붙이죠. 또래 친구들이 모이면 모모가 제안합니다. '자, 우리 같이 모험을 떠나자.' 그럼 실제로 모험을 떠나는 겁니다. 아이들은 모모와 떠나는 이 모험이 너무 좋아서 매일 공터로 몰려듭니다. 유치원에 가면 미리 규칙부터 정하지요. 부루마블 게임을 예를 들어볼까요. 게임을 시작하기 전에 아이들은 부루마블 게임의 규칙부터 알아야 합니다. 이렇게는 해도 되지만 이렇게는 절대로 하면 안 된다. 이게 바로 규칙인 것이죠. 그러나 모모가 이끄는 상상의 모험에선 규칙이 없습니다. 오늘은 바다로 가볼까? 그러면 바다로 가서 신나게 놀면 됩니다. 오늘은 새가 될까? 하면 새가 되어 훨훨 날아다닙니다. 아이들은 모모를 따라 상상의 공간을 마음껏 휘젓고 다니는 거지요. 모모와 아이들이 너무 행복하겠지요? 우리에게도 아무런 규칙 없이 흘러가는 대로 시간을 보내던 시절이 있었습니다.

모모에게는 아주 친한 친구가 두 명 있습니다. 한 명은 도로 청소부 베포입니다. 걱정이 참 많은 할아버지죠. 말을 할 때 굉장히 조심합니다. 도로 청소를 하다가도 너무 걱정이 많아서 한 번 쓸고 걱정하고 또 한 번 쓸고 걱정합니다. 십 미터 쓰는데도 꽤 많은 시간이 걸리겠죠? 그런데 아무도 베포에게 뭐라고 하지 않습니다. 빨리 쓸라고 독촉하지 않는다는 뜻이죠. 천천히 아주 느리게 걱정하며 쓰는 것, 이게 도로 청소부 베포의 스타일입니다. 모든 것을 천천히 하는 모모랑 베포가 무척 잘 어울리는 이유를 아시겠죠. 둘 다 느리고 시간이 많으니까요. 모모에게 베포는 많은 이야기를 합니다. 시간 제한이 없으니, 베포가 그동안 걱정해온 것들을 줄줄 이야기합니다. 모모는 역시 이번에도 가만히 듣고만 있죠.

또 한 친구는 이야기꾼 기기입니다. 모모랑 비슷한 또래아이지요. 기기의 특징은 무엇이냐 하면 이야기꾼이라는 겁니다. 이야기하는 걸 너무너무 좋아하고 잘하는 아이입니다. 이런 기기의 직업은 무엇이 적당할까요? 이 소설에 등장하는 기기의 직업은 관광 안내원이에요.

사실 이 마을은 관광객들이 몰려올 만큼 멋진 풍경이나 중요한 역사 유물이 있진 않습니다. 그런데 기기가 관광객들을 안내하면서, 끝없이 많은 이야기를 지어내는 겁니다. 이 마을이야말로 관광하기에 최적지라고 떠드는 것이죠. 그런데 이야기를 너무 근사하게 하니까 관광객들이 모두 좋아합니다. 이야기가 끝나면 기기에게 따로 돈까지 모아줄 정도지요. 기기는 똑같은 장소도 전혀 다른 이야기로 포장할 능력을 지닌 친구입니다. 미소가 저절로 지어지는 여기까지가 『모모』의 1부입니다.

2부로 접어들면 나쁜 일들이 생기기 시작합니다. 2부의 제목은 「회색 신사들」입니다. 항상 시가를 물고 다니는 회색 신사들이 등장합니다. 이 사람들은 시간 저축은행에서 나왔습니다. 그들이 어떤 식으로 시간을 저축하도록 사람들에게 권하는지 볼까요.

이발사 푸지를 예로 들겠습니다. 푸지도 베포만큼 이야기꾼이에요. 이발소에 오는 손님과 세상 이야기를 시시콜콜하게 해대는 이발사니까요. 머리는 십 분 깎는데 이야기는 두어 시간 나누는 식이죠. 그리고 단골손님들의 대소사를 일일이 챙기는 정이 많은 사람입니다. 당연히 손님들에게 인기가 높지요. 푸지는 느긋하게 이발사로서의 삶을 즐기며 하루하루를 살아갑니다.

어느 날, 신사가 와서 푸지에게 이렇게 살면 큰일 난다고 경고합니다. 당신이 얼마나 시간을 낭비하고 있는 줄 아느냐고 꾸짖죠. 마흔두 살인 푸지가 살아온 시간은 13억 2451만 2000초입니다. 그런데 잠과 일과 식사와 어머니 돌보기와 앵무새 돌보기와 장보기와 친구와의 잡담과 노래 등등을 합하면 13억 2451만 2000초가 나옵니다. 단 1초도 저축하지 않고 정확히 모든 시간을 다 쓴 겁니다. 회색 신사가 충고합니다. 이렇게 시간을 저축하지 않고 살면 곧 죽고 만다고 말입니다. 푸지가 놀라서, 그럼 어떻게 해야 하느냐고 묻습니다. 신사는 시간을 우리 은행에 저축하라고 하죠. 푸지는 어떻게 저축할 수 있느냐고 다시 묻지요. 신사는 당신이 매일 하는 일 중에서 꼭 안 해도 되는 짓들을 하지 말라고 합니다. 그리고 해서는 안 되는 일들을 구체적으로 알려줍니다.

"선생님, 시간을 어떻게 아끼셔야 하는지 잘 아시잖습니까! 예컨대 일을 더 빨리 하시고 불필요한 부분은 모두 생략하세요. 지금까지 손님 한 명당 30분이 걸렸다면 이제 15분으로 줄이세요. 시간 낭비를 가져오는 잡담은 피하세요. 나이 드신 어머니 곁에서 보내는 시간을 절반으로 단축할 수도 있습니다. 가장 좋은 것은 어머니를, 좋지만 값이 싼 양로원에 보내는 겁니다. 그러면 어머니를 돌볼 필요가 없으니까 고스란히 한 시간을 아낄 수 있지요. 아무 짝에도 쓸데없는 앵무새는 내다 버리세요! 다리야 양을 꼭 만나야 한다면 두 주에 한 번만 찾아가세요! 15분간의 저녁 명상은 집어치우세요. 무엇보다 노래를 하고, 책을 읽고, 소위 친구들을 만나느라고 귀중한 시간을 낭비하지 마세요. 얘기가 나온 김에 한 가지 충고하는데, 잘 맞는 커다

란 시계를 하나 이발소에 걸어 놓으세요. 견습생이 일을 잘 하고 있
나 감시할 수 있게 말이지요." 91쪽

푸지 씨는 이 충고를 받아들입니다. 시간 저축가 연맹의 일원이 된 거
죠. 그러나 이후로 푸지는 일을 하면서 조금도 기쁨을 느낄 수 없게 되
었습니다. 시간을 저축하기 위해선 어쩔 수 없다고 체념하지요.

이런 식으로 회색 신사들이 나타나면서 이 마을 사람들 대부분이 시
간을 저축하도록 강요받습니다. 그후론 모모를 만나러 사람들이 찾아오
질 않는 겁니다. 함께 신나게 모험 여행을 떠나던 아이들도 보이지 않
습니다. 아이들이 모모에게 가려고 하면, 회색 신사의 충고를 들은 부모
들이 막아섭니다. 모모가 너무 많이 논다는 것이죠. 반나절 혹은 한나
절 내내 모험을 상상하며 놀게 놔두는 대신, 부모는 시간을 아껴 효율적
인 교육을 하기 위해 아이들을 유치원에 집어넣습니다. 아이들은 유치
원에 가야 하니까 바빠지기 시작합니다. 부모들이 아이들에게 일러둡니
다. '모모, 기기, 베포, 이 세 명은 세상에서 가장 게으른 자들이야. 이 사
람들과 같이 어울리지 마라!' 모모는 외로워집니다. 친구들이 오지 않으
니까요. 그래서 모모는 답답한 마음에 친구들을 찾아 나섭니다.

니노라는 술집 주인에게 갑니다. 원래 술집 주인 니노는 화통하고 단
골들과 잡담을 즐기는 사람입니다. 그런데 이 술집 한쪽 구석에 삼십 년
단골인 할아버지들이 궁색하게 눈치를 살피며 앉아 있습니다. 그 할아
버지들도 젊었을 때는 돈을 많이 벌어 이 술집에서 술과 안주를 많이 시
켜 먹었지요. 그러나 은퇴한 후로는 사랑방 같은 술집에 와선 맥주 한
잔 시켜놓고 서너 시간 놀다가 가는 정도입니다. 그런데 단골들을 따듯

하게 맞아주던 니노가 회색 신사를 만난 후론 할아버지들을 박대하기 시작한 겁니다. 장사의 효율성을 위해서입니다. 마을 전체가 이제 효율성을 위해 인정이고 의리고 예의고 따지지 않게 변하기 시작한 겁니다. 참으로 안타까운 상황이지요.

회색 신사들은 모모를 노립니다. 모모만 마음을 바꾸면 마을 사람들 모두 시간을 저축하기 위해 허둥지둥 바삐 살 것이기 때문이죠. 그런데 모모는 시간을 저축할 이유가 없다고 버팁니다. 신사들은 모모를 붙들어 제거하려 합니다. 그때 거북이 모모 앞에 나타납니다. 거북이란 동물 자체가 느림의 상징입니다. 거북이 모모를 데리고 유유히 탈출에 성공합니다. 왜냐하면 이 거북은 삼십 분 뒤에 무슨 일이 벌어질지 압니다. 삼십 분 뒤를 아니까, 회색 신사들을 만나지 않는 길로만 다니지요. 꽹장히 느리게 움직여도 결코 잡히지 않습니다.

모모가 거북을 따라 도착한 곳은 시간을 조정하는 박사의 집입니다. 지금까지 모모를 둘러싸고 벌어진 사건들의 가장 큰 문제는 시간입니다. 박사는 모모에게 네가 과연 시간에 관해서 얼마나 고민하고 있는지 궁금하다며 수수께끼를 냅니다.

"세 형제가 한 집에 살고 있어.
그들은 정말 다르게 생겼어.
그런데도 구별해서 보려고 하면,
하나는 다른 둘과 똑같아 보이는 거야.
첫째는 없어. 이제 집으로 돌아오는 참이야.
둘째도 없어. 벌써 집을 나갔지.

모모

셋 가운데 막내, 셋째만이 있어.

셋째가 없으면, 다른 두 형도 있을 수 없으니까.

하지만 문제가 되는 셋째는 정작

첫째가 둘째로 변해야만 있을 수 있어.

셋째를 보려고 하면,

다른 두 형 중의 하나를 보게 되기 때문이지!

말해 보렴. 세 형제는 하나일까?

아니면 둘일까? 아니면 아무도 없는 것일까?

꼬마야, 그들의 이름을 알아맞힐 수 있으면,

넌 세 명의 막강한 지배자 이름을 알아맞히는 셈이야.

그들은 함께 커다란 왕국을 다스린단다.

또 왕국 자체이기도 하지! 그 점에서 그들은 똑같아." 210쪽

모모가 이 수수께끼의 정답을 알아냅니다. 첫째는 미래입니다. 집으로 돌아오는 참이죠. 둘째는 집을 벌써 나갔으니 과거입니다. 셋째는 막내인데 유일하게 있으니 현재입니다. 셋째는 첫째가 둘째로 변해야만 있을 수 있죠. 미래가 과거가 되어야 현재는 존재하니까요.

박사는 모모에게 시간이 어떻게 만들어지는지 보여주겠다고 합니다. 최초의 시간이 만들어지는 순간으로 데리고 들어가지요. 『모모』에서 저는 이 장면이 가장 아름다웠습니다. 시간의 탄생을 어떻게 설명하는지 보실까요.

이제 울림은 더욱 맑고 더 밝아졌다. 모모는 이 소리나는 빛이 제

가끔 다른 꽃들, 똑같은 모습이 다시는 없는, 단 하나뿐인 모양의 꽃들을 어두운 물 속 깊은 곳에서 불러 내어 꽃봉오리를 피어나게 한다는 것을 어렴풋이 짐작했다. 오래오래 귀를 기울일수록 모모는 낱낱의 소리를 또렷하게 구분할 수 있었다.

하지만 그것은 사람의 목소리가 아니라 금과 은, 그리고 다른 온갖 종류의 금속들이 어울려 내는 노랫소리처럼 들렸다. 그때에 그 울림의 뒤쪽에서 문득 전혀 다른 소리가 흘러나왔다. 아득히 먼 곳에서 들려오는 말할 수 없이 강렬한 소리였다. 소리가 점점 더 또렷해졌기 때문에 모모는 서서히 낱말들을 알아들을 수 있었다. 일찍이 들어본 적은 없었지만, 모두 이해할 수 있는 언어의 낱말들이었다. 해와 달, 유성과 별들이 제 진짜 이름을 드러내고 있었다. 그 이름들에는, 해와 달과 유성과 별들이 무엇을 하며, 어떻게 함께 영향을 미쳐 시간의 꽃 한 송이 한 송이를 탄생시키고 다시 소멸시키는지, 그 비밀이 담겨 있었다.

모모는 문득 이 모든 말이 자기를 향하고 있다는 것을 깨달았다! 가장 먼 곳에 있는 별을 비롯해 온 세상이, 엄청나게 커다란 단 하나뿐인 얼굴을 모모에게 돌리고 모모를 바라보며 말을 걸고 있었다!

223-224쪽

모모가 박사에게 묻습니다. 자신이 지금 보고 들은 것들을 세상 사람들에게 알려도 되느냐고 말입니다. 박사는 하고 싶으면 해도 좋다고 허락합니다. 그러나 쉽게 이 비밀을 세상 사람들에게 알리긴 어려울 거라고 말하지요. 모모는 그 이유를 묻습니다. 박사는 답하지요.

"그러려면 우선 네 안에서 표현할 말이 자라나야 한단다." 226쪽

이 문장에 미하엘 엔데라는 작가의 고민과 야심이 함께 담긴 듯합니다. 시간이 최초로 만들어지는 과정을 어떻게 글로 표현할 수 있을까. 표현할 수 있어야 그걸 보거나 듣고 세상 사람들이 시간의 탄생을 알게 되겠지요. 『모모』에서 미하엘 엔데가 그린 시간의 탄생은 그러니까 작가의 안에서 자라난 말들인 겁니다. 이걸 멋지게 표현하면 『모모』는 좋은 작품이고, 표현이 부족하면 좋지 않은 작품이 되는 겁니다. 3부의 제목이 「시간의 꽃」인 이유를 이제 아시겠지요?

3부에서 모모는 박사의 집을 떠나 마을로 돌아옵니다. 세상은 더욱 참혹해졌습니다. 모모는 가장 친한 친구인 베포와 기기를 만나려고 합니다.

도로 청소부 베포를 찾으러 돌아다니지만 만나지 못합니다. 모모가 없어진 기간이 일 년인데요, 이 동안 베포가 평소 스타일대로 고민 한 자락 하고 한 걸음 쓰는 식으로 사니, 회색 신사들이 일을 열심히 하지 않는 청소부로 몰아서 정신병원에 넣어버립니다. 그곳에서 베포는 십만 시간을 저축하겠다는 약속을 하고 풀려나지요. 그후로 베포는 시간을 아껴야 하니까 미친 듯이 청소만 합니다. 고민할 틈도 없지요. 모모가 바로 옆을 지나가도 못 알아보고 계속 청소만 하고 있습니다. 그런데 이 마을의 청소부들이 대부분 정신없이 청소에만 열중하니까, 더더욱 모모는 베포를 찾기가 어렵습니다.

이야기꾼 기기는 슈퍼스타로 변신해 있습니다. 이야기를 너무너무

"그러려면 우선
네 안에서 표현할
말이 자라나야 한단다."

잘 만드는 재주가 상품이 된 겁니다. 텔레비전에 나가서 모모랑 같이 이야기한 것 몇 개를 꺼내놓았는데, 시청률이 엄청 뛴 겁니다. 기기는 비행기를 타고 전 세계를 돌아다니면서 이야기를 들려줍니다. 그런데 기기는 점점 불행해집니다. 모모와 지낼 때는 이야기들이 모두 달랐거든요. 그런데 이제는 새로운 이야기를 상상하여 만들어낼 시간이 없는 겁니다. 그러니까 장소를 옮겨가며 전에 했던 이야기를 반복하지요. 같은 이야기를 하고 또 하니 재미가 없는 건 당연하지요. 그렇지만 기기의 이야기를 처음 듣는 다른 마을이나 다른 나라 사람들은 열광합니다. 인기와 함께 거금이 기기의 주머니로 들어오지요. 그렇게 바쁜 기기 앞에 모모가 나타납니다. 기기는 너무 기쁘지만, 이야기를 하러 가야 하는 스케줄 때문에 모모와 이야기를 나누지도 못하고 공항으로 가버리지요. 모모는 친구들을 구하기 위해, 시간 저축은행에 저금된 시간을 빼앗으러 갑니다. 모모의 마지막 모험이 펼쳐지는 셈입니다.

가끔 야간 산책길에 학원에서 나오는 학생들과 마주치곤 합니다. 시간의 효율성을 위해 지금 이 순간의 고통을 당연하게 받아들인 후 모모로부터 멀어진 친구들 생각이 났습니다. 그렇게 이 시절을 견딘다고 하더라도, 어른이 된 후에도, 그들은 베포나 기기처럼 시간을 아껴 돈을 벌고 출세하란 규칙 속에 갇히겠지요. 모모처럼 시간을 넉넉하게 갖고, 타인의 삶을 배려하며, 신나게 모험하고 오랫동안 이야기를 나누는 삶은 정녕 불가능한 것일까요. 시간 따윈 중요하지 않다며 시간을 확인하지 않고 낮 혹은 밤을 보내버렸던 나날은 정녕 돌아오지 않는 것일까요. 이 물음은 『모모』가 처음 출간된 1970년이나 지금이나 변함없이 자본

주의 사회를 살아가는 우리네 가슴을 찔러옵니다. '하염없이 읽고 원없이 쓰는 작가'로 살고 싶다고 종종 사석에서 털어놓곤 했는데, 이건 저의 꿈이자 미하엘 엔데의 꿈이었군요. 그 꿈의 아이가 바로 모모였고요.

『모두 다 예쁜 말들』

오늘은
코맥 매카시의 『모두 다 예쁜 말들』
입니다.

사람이 하는 말(言)이 아니고 그냥 타는 말(馬)입니다. 코맥 매카시는 『더 로드』로 우리나라 독자들에게 널리 알려졌습니다만, 그의 작품 세계를 논할 때 첫 손에 꼽히는 게 서부 삼부작 혹은 국경 삼부작입니다. 『모두 다 예쁜 말들』, 『국경을 넘어』, 『평원의 도시들』. 이렇게 세 편인데 번역이 다 됐습니다. 세 편 다 꿩장히 뛰어납니다만, 저는 그중에서 『모두 다 예쁜 말들』을 가장 좋아합니다.

코맥 맥카시는 1933년생입니다. 젊었을 때는 띄엄띄엄 오 년 혹은 칠 년에 한 번씩 장편을 발표했는데, 오히려 요즘 꿩장히 책을 많이 내는 듯합니다. 제가 보기엔 소설가 헤밍웨이의 적자인 것 같습니다. 헤밍웨이의 문체를 한마디로 말하면 건조체지요. 헤밍웨이는 쓸데없는 형용사를 모두 지워버리는 것으로 유명하지요. 주어와 동사가 가장 중요하단 겁니다. 깔끔하면서도 단단하지요.

코맥 매카시는 헤밍웨이처럼 주어와 동사에 중점을 두면서도 묘사에 탁월합니다. 특히 서부의 황량한 벌판을 묘사하는 데는 타의 추종을 불허하지요. 선택하는 단어들이 무척 견고하고 또 상징적입니다. 암시가 강합니다. 그래서 남성적인 느낌을 풍길 수밖에 없지요. 이런 풍에 익숙하지 않은 여성 독자들은 사실 코맥 매카시를 싫어하지요. 하지만 이런 단어 선택까지도 이 작가의 세계관이다, 이렇게 생각하고 코맥 매카시의 작품을 읽어나가야 할 것 같습니다.

『더 로드』는 핵전쟁 이후 참혹한 상황에서 아버지랑 아들이 도망 다니는 이야기잖아요. 처음부터 끝까지 칙칙하고 하염없이 비가 내립니다. 『모두 다 예쁜 말들』은 미국에서 멕시코로 넘어왔다가 돌아가는, 말하자면 귀환형 소설인데요. 그렇게 어두침침하진 않습니다. 『더 로드』를 읽은 독자들 중에서 이 책도 그처럼 고통스러울까 겁을 먹을 수도 있겠지만, 전혀 그렇지 않습니다. 『모두 다 예쁜 말들』은 오히려 화사한, 카우보이가 되고 싶은 소년의 성장담에 가깝습니다. 문체도 참으로 아름답지요. 첫머리를 볼까요.

바람 한 점 없는 싸늘한 어둠의 순간, 세상 동쪽 언저리를 따라 가느다란 회색 암초가 뻗어 나오고 있었다. 그는 초원으로 걸어가 사방을 덮은 어둠에게 탄원하듯 모자를 들고 오래도록 서 있었다.

　몸을 돌려 걸음을 옮기는데 기차 소리가 들렸다. 그는 발을 멈추고 기차를 기다렸다. 발밑으로 기차가 쿵쿵댔다. 곧 떠오를 태양을 맴도는 상스러운 위성인 양 기차는 멀리 동쪽에서부터 요란하게 짖으며 달려오고, 얽히고설킨 메스키트 덤불을 가르는 전조등의 기다란 불빛은 지독히도 곧은 길을 따라 끝없이 이어진 울타리를 어둠 속에서 드러내는가 하면 줄줄이 늘어선 철조망과 기둥을 다시 후르르 집어삼켜 어둠 속으로 보냈다. 희미하게 드러나는 수평선 위로 기차연기가 서서히 흩어지며 어둠을 뒤쫓았고, 소리도 느릿느릿 연기를 뒤따랐다. 그는 여전히 모자를 손에 쥔 채 벌벌 떠는 땅 위에 서서 기차가 완전히 사라지는 것을 바라보았다. 그리고 몸을 돌려 집으로 향했다.
　　　　　　　　　　　　　　　　　　　　　　　　10쪽

　밤에 벌판에 나가 있는데 기차가 온 겁니다. 그 기차를 보고 다시 집에 돌아갔다는 간단한 얘기입니다. 그런데 문장이 참 묘하죠. '그는 초원으로 걸어가 사방을 덮은 어둠에게 탄원하듯 모자를 들고 오래도록 서 있었다.' 그가 모자를 들었는데, 어둠에게 탄원하듯 들었다는 거죠. 어둠에게 뭔가 하소연을 할 듯이 말입니다. 이런 표현은 참 쉽지 않습니다. 기차가 확 지나갔는데, '줄줄이 늘어선 철조망과 기둥을 다시 후르르 집어삼켜 어둠 속으로 보냈다'고 적었습니다. 철조망과 기둥이 기차가 들어서면서 기차 불빛에 잠깐 보였다가 기차가 지나가고 나면 사라지는 것이겠죠. 그래서 후르륵 집어삼켜 어둠 속으로 던진다고 적은 겁니다. 문장을 읽고 상황을 떠올려보면, 아 진짜 그렇구나! 하는 생각이 드는 겁니다. 이런 상황을 문장에 정확하게 담아내니까 놀라울 따름이죠. 계속 밑줄을 그을 수밖에 없습니다. 매카시가 아주 오랫동안 완성도를 높이기 위해 문장을 다듬었겠다는 느낌이 오는 거죠.

그중에서 백미는 주인공 소년 존 그래디가 목장 주인의 딸 알레한드라와 사랑에 빠지는 장면이죠. 너무너무 감미롭습니다.

그들은 목장에서 두 시간 거리인 서쪽 메사에서 밤새 말을 달렸다. 때때로 그가 피운 모닥불을 쬐며 저 아래 검은 웅덩이에서 아시엔다 정문의 가스등이 반짝거리는 것을 바라보았다. 가스등 불빛이 세상이 아래로 꺼지고 지구의 중심이 위로 뒤집히는 듯 요동치는 것처럼 보이기도 했다. 그들은 수백 개의 별들이 지구로 떨어지는 것을 보았고, 그녀의 집안과 멕시코에 대해 이야기했다. 목장으로 돌아가는 길에 말을 몰고 호수로 들어가 가슴께에 와 닿는 호수 물을 말이 마실 때는 호수 속 별들이 찰랑거렸다. 산에 비라도 내리면 공기는 묵직하게 가라앉았고 밤은 더욱 따스해졌다. 한번은 그녀를 두고 그 혼자서 사초와 버드나무 사이를 가르며 호숫가를 달리다가 말에서 훌쩍 뛰어내려 부츠와 옷을 벗고 달이 드리워진 호수 속으로 성큼성큼 들어갔다. 어둠 속에서 오리들이 꽥꽥 울어댔다. 검고 따스한 물속으로 첨벙 들어가 팔을 뻗자 매끈매끈한 검은 물이 몸을 감쌌다. 그는 잔잔한 검은 호수 너머로 그녀가 말 앞에 서 있는 기슭을 바라보았다. 바닥에 옷을 내려놓고 물속으로 걸어 들어오는 그녀의 모습은 마치 번데기에서 빠져나오는 나비처럼 새하얬다.

그녀는 잠시 멈추더니 뒤를 돌아보았다. 파르르 몸을 떨었지만 그

모두 다 예쁜 말들

것은 추위 때문이 아니라 거기 아무도 없었기 때문이었다. 그녀에게 아무 말도 하지 마라. 아무 말도. 그가 손을 내밀자 그녀가 그 손을 잡았다. 그녀는 너무나도 창백하여 마치 불타고 있는 것 같다. 거무스름해진 나무에서 타오르는 하얀 도깨비불처럼. 그것이 추위를 불살랐다. 마치 달이기라도 한 듯이 추위를 불살랐다. 그녀의 검은 머리가 차례로 흘러내리며 물 위로 물결쳤다. 그녀는 다른 쪽 팔을 그의 어깨에 두르고는 서쪽으로 기운 달을 바라보았다. 그녀에게 아무 말도 하지 마라. 아무 말도. 그러곤 그에게로 얼굴을 돌렸다. 시간과 육체를 훔치는 것이기에 더욱 달콤하였으며 믿음을 저버리는 것이기에 더욱 감미로웠다. 남쪽 기슭 수풀에서 외다리로 서 있던 두루미가 날개 안에서 가느다란 부리를 빼내어 그들을 바라보았다. 메 키에레스?(날 원하니?)

그래. 그가 말했다. 그는 그녀의 이름을 불렀다. 그리고 말했다. 진심으로.
197–198쪽

아주 오랫동안 이 부분을 반복해서 읽었습니다. 알퐁스 도데의 『별』 이후로 사랑이 시작되는 순간을 이토록 아름답게 담은 소설이 없었던 것도 같았지요. 문장 하나하나가 두 사람의 마음을 잘 담고 있습니다. 질투가 날 정도였어요.

사람이 살아가는 건 지구촌 어디나 비슷한 부분이 있죠. 사랑하는 장면, 집을 떠나는 장면, 집으로 돌아오는 장면, 친구와 헤어지는 장면, 억울한 일을 당하는 장면, 이런 것들 말입니다. 그런 장면을 어떤 작가가 뛰어나게 잘 쓰면 반복해서 계속 읽게 됩니다. 그리고 고민하게 만들지

바닥에 옷을 내려놓고
물속으로 걸어 들어오는
그녀의 모습은 마치
번데기에서 빠져나오는
나비처럼 새하얬다

요. 어떻게 이토록 멋지게 쓸 수 있지?『더 로드』보다『모두 다 예쁜 말들』에 그런 장면이 더 많았던 것 같습니다.

이 소설은 굉장히 재밌습니다. 뜨겁게 사랑했던 여자지만 이런저런 이유로 결국 헤어집니다. 여자와는 헤어지지만 말하고는 절대로 헤어지지 않지요. 이 이야기를 간단히 요약하자면, 미국에서 멕시코로 타고 가다가 빼앗긴 말을 주인공이 혼자서 다시 국경을 넘어 되찾아오는 겁니다. 주제는 여자가 아니라 말인 거지요. 그래서 제목도 모두 다 예쁜 소녀들이 아니라 모두 다 예쁜 말들인 거고요.

말과 인간에 대한 이야기는 서부소설의 핵심입니다. 우리나라 독자들은 개나 고양이와 훨씬 친해서 말과 우정을 나누는 걸 납득하기 어려운 측면이 있습니다. 그런데 이 소설의 주인공인 존은 말에 대한 애착이 굉장히 심하지요. 말과 함께 갔으니 말과 함께 돌아와야지만 여행이 끝나는 그런 소설인 겁니다.

그런데 미국과 멕시코를 오가는 여행은 참으로 위험하지요. 국경을 넘어가니 언어도 잘 통하지 않고 불법이 판을 치는 곳이죠. 그런데 이런 곳을 주인공이 가는 겁니다. 죽을 고비를 참 많이 넘기지요. 하지만 결국은 말을 찾아옵니다. 너무나도 절망적인 상황에서 희망을 이야기하는 것이죠. 이런 측면은 어찌 보면『더 로드』와 비슷하다고도 볼 수 있겠습니다.

코맥 매카시의 스타일은 등장인물을 최악의 상황으로 밀어붙이는 것 같습니다. 그다음에 그 인물들의 처절한 몸부림을 통해 어떤 메시지를 만드는 식이죠. 밀어붙일 때 그 모습들은 핏빛입니다. 끔찍하죠. 불그스

름하다 벌겋다 이런 형용사가 아니라 피 냄새와 피 맛이 나는 바로 그 핏빛 말입니다. 『핏빛 자오선』이란 소설도 오직 코맥 매카시만이 붙일 수 있는 제목이지요.

『달콤 쌉싸름한 초콜릿』

오늘은 멕시코 작가 라우라 에스키벨의 소설
『달콤 쌉싸름한 초콜릿』입니다.
영화로 보신 분들도 많을 듯합니다.

이 소설을 탐탁지 않게 여기는 분들은 '너무 가볍다. 등장인물에게
매우 치명적인 상처들이 너무 쉽게 정리되고 넘어간다'고 비판합니다.
문제를 깊게 파고드는 대신 이야기가 훨훨 날아다니는 쪽을 택한 탓일
까요. 진지함의 문제를 조금 뒤로 밀어둔다면, 이 소설은 그럼에도 불구
하고 엄청난 상상력을 펼칩니다.

에스키벨은 영상문법에 굉장히 익숙한 작가라는 생각이 우선 듭니
다. 장면 전환의 기발함은 혀를 내두를 정도지요. 소제목들만 주욱 훑어
보아도 신선함을 느낄 겁니다. 이 소설의 소제목은 일월부터 십이월까

지 열두 달에 어울리는 요리들입니다. 요리 제목만 나오는 것이 아니라 필요한 재료와 조리법이 연이어 등장합니다. 여기까진 요리책과 구별하기 어려울 정돕니다. 장정일의 「햄버거에 대한 명상」이란 시를 읽어보셨는지요. 그 시를 읽고 나면 '아, 햄버거를 이렇게 만들면 되겠구나!' 하는 구체적인 정보를 얻게 됩니다. 마찬가지로 이 소설을 끝까지 읽고 나면 '아, 멕시코 요리는 이렇게 만드는구나!' 이런 생각을 가지게 될 겁니다. 열두 가지 요리의 특징을 이야기가 전개되는 상황들과 버무립니다. 요리에 관한 이야기를 하는 듯한데 어느새 등장인물의 움직임이나 내면으로 들어가 있지요. 쉬워 보이지만, 정보로부터 이야기로 부드럽게 들어가는 건 무척 어렵습니다. 에스키벨도 오랜 시간을 두고 궁리를 했을 겁니다. 각 장의 마지막엔 다음 장의 요리 이름까지 안내하는 친절을 베풉니다. 더 읽고 싶은 바람과 더 먹고 싶은 바람을 한꺼번에 노리는 거지요.

이어서
다음 요리는
차벨라 웨딩케이크   28쪽

이야기도 이야기지만, 차벨라 웨딩케이크가 뭔지 궁금해서 다음 장을 넘겨보게 됩니다.

일군의 중남미 소설들을 마술적 리얼리즘으로 묶어 부르기도 하는데요. 우리 독자들은 마르케스나 보르헤스나 요사, 이런 작가들의 소설을 많이 낯설어합니다. 복잡하고 산만하다며 거부감을 느끼는 경우도 있지요. 특히 슬피 울어야 하는 심각한 장면에서 흥겨운 문장이 이어질 땐

당혹스럽기까지 합니다. 그런데 이런 식의 전개가 『달콤 쌉싸름한 초콜릿』에는 쉼없이 등장합니다. 한두 번 하고 말겠거니 생각했는데 끝없이 등장하지요. 적어도 스무 번은 넘는 것 같습니다.

　『달콤 쌉싸름한 초콜릿』이 요리와 이야기를 섞는 독특한 구성임은 이미 말씀드렸습니다. 하나 더 이 흥겨운 혼돈을 만드는 방법을 지적해보자면, 현실적 사건과 비현실적 사건의 경계가 전혀 없다는 것이죠. 가령 이런 황당무계한 설정이 소설의 뼈대를 이룹니다. 요리를 만드는 요리사의 감정상태가 요리로 고스란히 옮겨간다는 거죠. 기분 좋게 음식을 만들면 그 음식을 먹는 사람도 기분이 좋아지고, 기분이 아주 나쁜 상태로 아주 슬픈 상태로 음식을 만들면, 그걸 먹은 사람도 뭔가 문제가 생긴다는 겁니다.
　대표적인 사건이 47쪽에 실린 '혼인식 구토사건'입니다.

　『달콤 쌉싸름한 초콜릿』의 여주인공은 티타입니다. 이 집엔 딸이 셋인데 첫째는 헤르트루디스 둘째는 로사우라 셋째가 바로 티타지요. 이 나라엔 나쁜 습속이 있습니다. 막내딸은 결혼을 안 하고 엄마가 죽을 때까지 계속 옆에 있어야 되는 거죠. 평균 수명이 짧아서, 엄마가 죽을 때까지 막내딸을 계속 데리고 살지 않았을까 추측합니다. 그러니까 티타가 태어나자마자 엄마는 '넌 결혼하지 말고 나랑 살아야 해' 이렇게 정해버린 겁니다. 엄마가 그렇게 정했다고 티타에게 사랑하는 사람이 생기지 않을 리 없잖아요. 아름다운 티타는 페드로라는 멋진 남자와 사랑에 빠집니다. 청혼하러 온 페드로에게 엄마는 셋째 딸 티타는 안 되고

둘째 딸 로사우라와 결혼을 하라고 요구하지요. 여기서 페드로가 그 제
안을 받아들이는 것이 흥미롭습니다. 페드로는 아버지 파스쿠알에게 둘
째와의 혼인을 승낙한 까닭을 털어놓습니다. 웃기고 안타깝지요.

　　파스쿠알 씨와 페드로는 화를 삭이며 나지막한 목소리로 얘기하
면서 천천히 걸어가고 있었다.
　　"왜 그랬니, 페드로? 로사우라와의 결혼을 받아들여서 일이 더 난
처하게 되었다. 네가 티타한테 맹세했던 사랑은 어디로 간 거냐? 그
맹세를 지키지 않을 셈이야?"
　　"물론 지킬 겁니다. 하지만 사랑하는 여자와는 절대 결혼할 수 없
고, 그녀 가까이에 있을 수 있는 유일한 방법이 그녀의 언니와 결혼
하는 길밖에 없다면 아버지 역시 저와 똑같은 결정을 내리지 않았을
까요?"
　　(중략)
　　"그러면 사랑 없는 결혼을 하겠다는 거냐?"
　　"아니에요, 아버지. 나는 티타를 향한 크고 영원한 사랑으로 결혼
하는 겁니다."
　　　　　　　　　　　　　　　　　　　　　　　　　　　　23쪽

이 '크고 영원한 사랑'이 어디로 흘러갈까요.
　어쨌든 로사우라랑 페드로가 결혼식을 하는 날, 티타가 웨딩케이크
를 만듭니다. 울면서 차벨라 웨딩케이크를 만들죠. 그런데 결혼식 피로
연에 모였던 사람들이 웨딩케이크를 맛있게 먹고 토하기 시작합니다.
특히 오늘의 신부 로사우라가 너무나도 심하게 토하지요. 로사우라는

결혼식 하객의 토사물 위로 웨딩드레스를 입고 지나다가 미끄러져 뒹굽니다. 뒹굴면서 "마치 용암이 터져 나오듯이 토하고" 말지요. 상상만 해도 참으로 끔찍한 결혼식입니다.

요리에 관한 경험과 상상들은 자연스럽게 성욕으로 이어지지요. 소설 목차 앞에 놓인 이 소설의 여는 말이 바로 '식탁과 침대로의 단 한 번의 초대'입니다. 시쳇말로 이 작품이 먹고 자는 이야기임을 공공연하게 밝힌 겁니다.

식욕과 성욕을 연결시킨 사건 하나를 들어볼까요. 티타의 첫째 언니 헤르트루디스가 이 에피소드의 주인공입니다.

헤르트루디스가 먹은 요리는 특별합니다. "페드로가 선물한 장미 꽃잎에 티타의 피가 스며들면서 엄청나게 폭발적인 요리"(57쪽)가 만들어진 것이니까요. 티타와 페드로의 뜨거운 사랑으로 만들어진 요리를 하필 헤르트루디스가 맛있게 먹은 겁니다. 그 순간부터 헤르트루디스는 몸에서 뜨거운 열이 올라오기 시작하고, 사랑을 나누지 않고는 참을 수 없게 됩니다. 너무 열이 올라 샤워를 하려고 하죠. 그런데 샤워기를 트니까 물이 내려오다가 몽땅 증발합니다. 몸이 너무너무 뜨거워 옷을 다 벗고 들판을 가로질러 가던 헤르트루디스는 혁명군 대장을 만나 사랑을 나눕니다. 그리고 그미는 집을 떠나 사창가를 떠돌게 되지요.

낡은 관습 탓에 결혼을 못 한 연인 티타와 페드로는 어떻게 되었을까요. 『달콤 쌉싸름한 초콜릿』은 누가 뭐래도 지독한 러브스토리입니다. 독특하고 많은 비유 중엔 사랑에 관한 비유도 적지 않지요. 그중에서 가장 놀라운 비유를 하나 소개할까 합니다. 이 소설의 핵심에 맞닿아 있는 이야기이기도 합니다.

　결혼한 페드로랑 로사우라 사이에 아기가 태어납니다. 아기의 이름은 로베르토입니다. 그런데 로사우라는 아기에게 먹일 젖이 나오지 않습니다. 티타는 몰레라는 요리를 먹은 후 아기에게 젖을 물립니다. 놀랍게도 처녀인 티타의 젖가슴에서 젖이 흘러나오지요. 그런데 내전의 와중에 이 아기가 목숨을 잃습니다. 티타는 절망에 빠지고, 어머니는 티타를 정신병원에 보내버리려고 합니다. 이때 티타의 처지를 불쌍히 여기고, 티타를 정신병원 대신 자기 집으로 데려가서 보호해준 사람이 바로 존 브라운 박사입니다. 어느 날 존은 할머니로부터 들은 성냥갑에 대한 비유를 티타에게 들려주지요.

　"우리 할머니는 아주 재미있는 이론을 가지고 계셨어요. 우리 모두 몸 안에 성냥갑을 하나씩을 가지고 태어나지만 혼자서는 그 성냥에 불을 당길 수 없다고 하셨죠. 방금 한 실험에서처럼 산소와 촛불의 도움이 필요하다는 거예요. 예를 들어 산소는 사랑하는 사람의 입김이 될 수 있습니다. 그리고 촛불은 펑 하고 성냥불을 일으켜 줄 수 있는 음식이나 음악, 애무, 언어, 소리가 되겠지요. 잠시 동안 우리는 그 강렬한 느낌에 현혹됩니다. 우리 몸 안에서는 따뜻한 열기가 피어오르지요. 이것은 시간이 흐르면서 조금씩 사라지지만 나중에 다시 그 불길을 되살릴 수 있는 또 다른 폭발이 일어납니다. 사람들은 각자 살아가기 위해 자신의 불꽃을 일으켜줄 수 있는 것이 무엇인지 찾아야만 합니다. 그 불꽃이 일면서 생기는 연소작용이 영혼을 살찌우

달콤 쌉싸름한 초콜릿

사람들은
각자 살아가기 위해
자신의 불꽃을 일으켜줄
수 있는 것이 무엇인지
찾아야만 합니다

그 불꽃이 일면서
생기는 연소작용이
영혼을 살찌우지요

지요. 다시 말해 불꽃은 영혼의 양식인 것입니다. 자신의 불씨를 지펴줄 뭔가를 제때 찾아내지 못하면 성냥갑이 축축해져서 한 개비의 불도 지필 수 없게 됩니다.

　이렇게 되면 영혼은 육체에서 달아나 자신을 살찌워 줄 양식을 찾아 홀로 칠흑같이 어두운 곳을 헤매게 됩니다. 남겨두고 온 차갑고 힘없는 육체만이 그 양식을 줄 수 있다는 것을 모르고 말입니다."

124-125쪽

　티타는 이 비유에 너무나도 공감하지요. 존은 티타에게 성냥갑을 선물합니다.

　소설의 결말은 성냥갑의 비유가 비유로 그치지 않고 현실이 될 수도 있음을 드러냅니다. 티타와 페드로는 우여곡절 끝에 다시 만나 함께 지내게 됩니다. 격렬한 사랑과 동시에 죽음이 들이닥치지요. 페드로가 먼저 숨이 끊어집니다. 티타는 페도르와 뜨겁게 사랑을 나누며 자신도 죽기를 바라지요.

　티타는 책상 서랍에서 존이 선물했던 성냥갑을 꺼냈다. 몸 안에 많은 성냥이 필요했던 것이다. 그래서 티타는 성냥갑 안에 들어 있던 성냥들을 하나씩 집어삼켰다. 티타는 성냥을 한 개비씩 씹을 때마다 두 눈을 꼭 감은 채 페드로와 함께했던 가장 격렬한 순간을 떠올려보려고 했다. 페드로에게서 처음으로 뜨거운 눈길을 받았을 때, 처음으로 손길이 스쳤을 때, 처음으로 장미 꽃다발을 선물받았을 때, 첫 키스를 나누었을 때, 처음으로 애무했을 때, 처음으로 뜨거운 관계를

　　　　　　　　　　　　　　　달콤 씁싸름한 초콜릿

가졌을 때를 떠올렸다. 티타는 결국 원하던 바를 이루었다. 그녀가 씹고 있던 인과 격렬했던 추억이 부딪히자 드디어 성냥에 불이 붙었던 것이다. 조금씩 조금씩 시야가 밝아오면서 터널이 다시 그녀 앞으로 모습을 드러냈다. 터널 입구에서는 페드로가 환한 광채에 휩싸인 채 그녀를 기다리고 있었다. 티타는 주저하지 않았다. 페드로에게 달려가 긴 포옹을 나누고 한참 동안 하나가 되었다. 그들은 다시 절정에 오른 사랑을 느끼며 잃어버린 에덴을 향해 함께 떠났다. 이제 다시는 헤어지지 않을 것이다.

그 순간 불길에 휩싸인 페드로와 티타의 몸에서 환한 불꽃이 치솟았다. 그리고 그 불꽃이 담요에 옮겨 붙으면서 농장 전체가 불길에 휩싸였다. 동물들은 화재를 피해 제때 피신했던 것이다! 어두운 방은 격렬한 분화구와도 같았다. 돌덩이와 재가 사방으로 튕겨 나갔다. 하늘 높이 치솟은 돌덩이는 색색가지 황홀한 불꽃을 내며 폭발했다. 근처에 살던 주민들은 몇 킬로미터 떨어진 곳에서 그 장관을 바라보며 알렉스와 에스페란사의 결혼식이 끝난 후에 불꽃놀이를 하는 거라고 생각했다. 하지만 이 불꽃놀이가 일주일이나 지속되자 사람들은 호기심에 농장 근처까지 다가갔다.

몇 미터나 되는 재가 농장 전체를 뒤덮었다.   257-258쪽

마음의 성냥갑이 두 사람은 물론이고 농장까지 활활 불태운 겁니다. 그리고 주인공 남녀가 불타버린 소설도 끝이 나지요. 황당하기도 하고 아름답기도 하고 멋지기도 하고 슬프기도 하고 웃기기도 합니다.

『달콤 쌉싸름한 초콜릿』은 낄낄 웃으면서 계속 끝까지 읽게 됩니다. 저는 읽는 내내 멕시코 혹은 좀더 확장하자면 중남미 여인들의 슬픈 운명을 떠올렸습니다. 문득 내가 이 소설을 읽으며 짓고 있는 웃음에 관하여, 이런 생각이 들더군요. 티타가 '넌 절대 결혼하면 안 돼'라는 이야기를 어머니로부터 들었을 때, 이 막내딸이 자기 삶을 지켜나갈 수 있는 방법은 뭘까요. 매우 누추한 부엌에서 살지만 '나는 행복해, 왜냐면 나는 마음껏 요리할 수 있으니까!'로 상황을 바꾸는 것 아니겠습니까. 삶이 지치고 힘들수록 즐거운 이야기를 더 하게 된다고나 할까요. 라우라 에스키벨의 조국 멕시코의 독자들은 이 소설을 읽으면서, 희극의 뒷면에 숨어 있는 비극을 가슴에 아로새기지 않았을까요. 그래서 저는 이 소설이 진지하지 않다는 비판에 동의하지 않습니다. 이 소설은 우스울수록 슬픈, 아주 색다르게 진지한 이야기입니다.

『
한
여
자
』

오늘은
아니 에르노의 장편소설『한 여자』
입니다.

　80년대 말에 「아버지의 자리」와 「어떤 여인」이란 이름으로 한 책에 묶여 나왔지요. 이번에 출판사를 달리 하고 이름을『남자의 자리』,『한 여자』이렇게 두 권으로 출간되었습니다. 물론 번역도 새롭게 했고요. 『남자의 자리』는 아버지에 대한 이야기고요『한 여자』는 어머니에 대한 이야기입니다. 아버지와 어머니를 객관적으로 바라보기 위하여 제목에 아버지, 어머니를 붙이지 않은 겁니다. 그러니까 아버지의 이야기지만 이건 남자의 이야기다, 어머니 이야기지만 이건 여자의 이야기라고 규정하고 차갑게 거리를 두려는 시선이 돋보이는 겁니다.

아니 에르노는 언제부터 언제까지 이 작품을 썼는지 밝힙니다. 110쪽에 보면, 1986년 4월 20일부터 1987년 2월 26일까지 썼군요. 거의 십 개월 정도 작업을 한 겁니다. 아니 에르노의 어머니가 4월 7일 돌아가셨으니, 어머니가 돌아가시고 십삼 일 정도 지나서부터 글을 쓰기 시작한 겁니다.

이 이야기는 어머니의 일생에 초점이 맞춰집니다. 프랑스와 대한민국은 무척 다른 나라인 것 같지만, 아니 에르노의 어머니와 우리네 어머니 사이엔 비슷한 부분이 적지 않습니다. 그미는 아주 가난한 여공이었습니다. 그리고 식료품 가게의 주인 노릇을 하다가 치매에 걸려서 죽게 됩니다. 엄마는 이렇게 문학과는 거리가 먼 삶을 살다 갔지요. 그런데 그미의 딸인 아니 에르노는 교육을 잘 받아서 고등학교 정교사 자격증을 따고 소설가가 되고 교수가 되었습니다. 어머니와 딸의 삶이 굉장히 다른 거죠. 어떻게 두 삶이 달라지고, 그 다름 속에서 두 여인은 서로를 어떻게 바라보고 인정하고 또 때론 무시했는가를 꼼꼼하게 그린 작품이 바로 『한 여자』입니다.

혈육이 죽은 직후에 그에 관한 글을 쓰긴 무척 어렵습니다. 그런데 아니 에르노는 어머니의 임종 후 겨우 십삼 일 만에 문장을 만들기 시작합니다. 그 이유 역시 이 작품에 담겨 있지요.

그 주 내내 아무 데서고 눈물을 흘리는 일이 벌어졌다. 잠에서 깨어나다가 어머니가 죽었다는 것을 기억해내곤 했다. 어머니가 꿈에 나왔고, 죽었다는 것을 빼면 아무것도 기억나지 않는 무거운 꿈에서 빠져나오기도 여러 번이었다. 생활에 필요한 일들 말고는 아무것도

한 여자

하지 못했다. 16쪽

아무것도 못하는 삶이 쭉 이어집니다. 책 읽기도 불가능한 삶이죠. 그런데 시간 속에서 이와 같은 절망과 긴장이 조금씩 바뀝니다.

그러한 상태가 차츰차츰 사라져가고 있다. 어머니가 아직 살아계실 때엔 이달 초에 그랬듯, 날이 춥고 비가 오면 여전히 만족스러움. 그리고, '이젠 더 이상 그래봐야 소용없구나' 혹은 '더 이상 그럴 필요가 없구나'(어머니를 위한 이런저런 일)를 확인할 때마다 밀려드는 공허한 순간들, 어머니가 보지 못할 첫 번째 봄이라는 생각이 자아내는 빈틈.(이제는 평범한 문장들, 심지어 진부한 표현들에 담긴 힘이 느껴짐.)
내일이면 매장한 지 3주가 된다. 그제야 나는 두려움을 극복하고, 백지 윗부분에 누군가에게 보내는 편지가 아닌 책의 첫 머리로 「어머니가 돌아가셨다」를 쓸 수 있었다. 18-19쪽

물론 시간적인 여유를 더 갖고, 어머니에 관한 자료들, 가족에 대한 기억들을 정리한 후에 글을 시작하는 방법도 있겠지요. 아니 에르노 역시 그 부분을 고민하지 않은 것은 아닙니다. "하지만 나는 지금 이 순간 다른 것을 할 수가 없다."(18쪽) 어머니에 대한 이야기를 쓰는 것 외에는 아무것도 할 수 없는 상태인 겁니다. 아니 에르노가 어머니에 대한 글을 쓰는 이유는 문학적입니다.

나의 계획은 문학적인 성격을 띤다. 말들을 통해서만 가당을 수

'이젠 더 이상
그래봐야 소용없구나'
혹은 '더 이상 그럴
필요가 없구나'를 확인할 때마다
밀려드는 공허한 순간들,

어머니가 보지 못할
첫 번째 봄이라는
생각이 자아내는 빈틈

있는 내 어머니에 대한 진실을 찾아 나서는 것이기 때문이다. 19쪽

그리고 어머니에 대한 회상이 이어집니다.

어머니는 밧줄 제조공장의 공원이었습니다. 그곳에서 마찬가지로 노동자인 아버지를 만나 1928년 결혼하지요. 1931년 두 사람은 라 발레라는 곳에 식료품 가게를 냅니다. 그때 엄마 나이가 스물다섯 살이었지요. 그리고 1940년 9월에 아니 에르노가 태어났습니다. 어렸을 때 아니 에르노의 눈에는 젊었을 때 엄마가 어떻게 비쳤을까요

그 시절의 그 여자는 아름다웠고, 머리카락을 다갈색으로 물들이고 있었다. 어머니는 커다란 목청을 지녔고 종종 무시무시한 목소리로 소리를 질러댔다. 또한 웃기도 잘 했는데 이와 잇몸이 다 드러나고 목젖이 다 들여다보이는 웃음이었다. 어머니는 다림질을 하면서 〈벚꽃 필 무렵〉, 〈리키타 그대, 자바의 아름다운 꽃〉을 흥얼거렸고, 터번을 두르고, 큼직한 푸른색 줄무늬가 들어간 여름 원피스를 입거나 무늬가 찍힌 부드러운 촉감의 베이지색 원피스를 입었다. 개수대 위에 부착된 거울을 보면서 퍼프로 분을 바르고, 입술 산부터 시작해서 입술연지를 바르고, 귀 뒤쪽에 향수를 뿌렸다. 코르셋을 잠글 때면 벽을 향해 돌아섰다. 교차되어 내려오는 코르셋 끈들은 아랫부분에서 팔자 매듭으로 묶였는데, 끈들 사이로 살이 삐져나왔다. 그녀의 육체, 그 어느 부분도 내 눈길을 피해가지 못했다. 나는 크면 나도 그렇게 되리라고 생각했다. 44쪽

압축해서 딸과 엄마의 관계를 드러낸 문장입니다. 크면 엄마처럼 되는 것이라고 딸들은 종종 생각할 테니까요. 젊었을 때는 호방하고 날씬하고 생기 넘치는 엄마였으나 시간이 지나면서 점점 달라집니다.

그녀는 아주 건강해졌다. 89킬로. 많이 먹었고, 블라우스 주머니에 늘 각설탕을 지니고 있었다. 살을 빼려고, 아버지 몰래 루앙의 약국에서 살 빼는 약을 구입했다. 그녀는 빵과 버터를 자제했지만 고작 10킬로를 뺐을 뿐이다.
그녀는 문들을 쾅쾅 닫았고, 청소하려고 의자들을 식탁 위에 올려놓으면서 의자들끼리 마구 부딪게 했다. 무슨 행동을 하든 시끄러운 소리를 냈다.
50-51쪽

90킬로그램에 육박할 정도로 살이 찌면서, 완력을 행사하는 억척스런 아줌마로 변해간 겁니다. 이 모습을 바라보는 딸의 마음은 어떠했을까요.
여공과 식료품 가게 주인으로 살아가는 어머니이기에, 아니 에르노가 학교를 다녀오면 앞에 앉혀놓고 계속 이것저것 학교 생활에 관해 묻습니다.

그녀는 나를 통해 배움에 대한 열망을 추구했다. 저녁이면 식탁에서, 학교에 대한, 그리고 학교에서 교사들이 뭘 가르쳤는지에 대한 이야기를 시켰다. 내가 사용하는 표현들, '특활' 혹은 '음미체'를 사용하며 즐거워했다.
57쪽

한 여자

딸이 학교에서 배운 교양 언어를 사용하는 겁니다. 박물관이나 서점에도 딸을 데리고 갔고요. 조금이라도 배운 사람의 말투나 자세가 있다면, 어머니는 곧 배워 생활 속에 써먹었습니다. 아버지는 계속 노동자로서 자란 성품을 끝까지 이어간 반면 어머니는 변한 겁니다.

> 그녀 안의 모든 것, 권위, 욕망, 야심이 학교로 방향을 틀었다. 우리 사이에는 독서, 내가 그녀에게 읽어주는 시, 루앙의 찻집에서 파는 케이크를 둘러싼 은밀한 공모의 느낌이 있었고, 그는 거기에서 제외되었다.   58쪽

아니 에르노는 학교에서 할 법한 것들을 어머니와 공모하여 즐겼으며 아버지는 이 즐김에서 제외되었다고 지적합니다. 아니 에르노는 자신과 너무 다른 아버지, 자신과 닮으려고 노력하는 어머니를 보며 어떤 느낌을 받았을까요. 이 어머니와 아버지는 아니 에르노의 삶과 글쓰기에 어떤 영향을 주었을까요.

『한 여자』엔 두 가지 시공간이 존재합니다. 하나는 어머니가 살아온 삶의 시공간, 또 하나는 죽은 어머니를 추억하며 작가가 보내는 시공간이겠지요. 작가가 일부러 알리지 않는 이상, 독자들은 그 작가가 출간 전에 어떤 작품을 쓰고 있는지 모릅니다. 1986년 사월에서 1987년 이월까지, 아니 에르노는 계속 어머니에 관한 이야기를 쓰지만, 독자들은 무엇을 그미가 쓰고 있는지 알지 못합니다. 이렇게 홀로 글을 써나가는 아니 에르노는 지금 쓰고 있는 이 글도 언젠가 책으로 묶어 내리란 예감에 사로잡힙니다. 그리고 고통스럽습니다. 왜냐하면 지금은 글을 쓰면서

어머니와 함께 지낸다는 느낌을 받지만, 책을 내고 나면 영영 어머니와 공존한다는 느낌을 받지 못하기 때문이겠지요. 그래서 독자들의 친절한 인사마저도 불쾌해집니다.

미소를 지으며 '다음 번 책은 언제쯤 나올 건가요?', 묻는 사람들에게 욕설을 퍼붓고 싶은 욕구.   70쪽

살이 찌고 뚱뚱해도 매사에 당당하던 어머니도 결국 나이 들어 할머니가 됩니다. 1967년 남편이 심장마비로 죽고 삼 년 만인 1970년 일월에 아니 에르노와 같이 살겠다며 식료품 가게를 정리하고 이사를 한 겁니다. 어머니는 딸의 눈치를 보기 시작합니다. 참 쓸쓸한 대목이지요.

초기에 그녀는 예상했던 것보다는 덜 행복했다. 졸지에 장사꾼으로서의 삶이 끝이 났다. 더불어, 지불 만기에 대한 불안, 피로, 그뿐만 아니라 손님들의 왕래와 그들과의 대화, '자신의' 돈을 번다는 자부심 역시. 그녀는 이제 '할머니'일 뿐이었다. 시내에 나가도 자신이 아는 사람이 아무도 없었고, 말할 사람이라고는 우리밖에 없었다. 갑작스럽게 세계가 우중충해지고 졸아들었으며, 그녀는 스스로를 하찮은 존재로 여겼다.

그리고 이것도. 자식네에 얹혀산다는 것, 그것은 그녀가 자랑스러워했던 생활 방식(친척들에게 하던 말. '걔네는 아주 잘산다고!')을 공유하는 것이었다. 그것은 또한, 현관 입구의 라디에이터 위에서 걸레 말리지 않기, '물건들을 조심스럽게 다루기'(레코드판, 크리스털 화

병), '위생'에 신경 쓰기(자신의 손수건으로 아이들 코를 풀어주지 않
기)였다.　　　　　　　　　　　　　　　　　　　　77-78쪽

시골에서 살 때와는 다르게 살려고 하나하나 조심하는 겁니다. 이게
바로 눈치를 보는 것이기도 하지요. 현관 입구의 라디에이터 위에 걸레도
안 말리고, 이렇게 조심조심 살려고 했지만 덜컥 치매에 걸리고 맙니다.
　점점 기억을 잃지요. 어머니가 너무너무 소중하게 생각했던 물건들
을 하나씩 잃어가는 나날입니다. 그 물건들을 어디에 뒀는지 그 장소를
못 찾게 되지요. 그러다가 결국 돌아가신 겁니다.
　아니 에르노는 『한 여자』의 말미에 이르러, 이처럼 어머니에 관한 글
을 쓴 이유를 깨닫습니다.

　　나이 들어 노망난 여자와 젊어서 힘차고 빛이 났던 여자를 글쓰
　기를 통해 합쳐놓지 않고서는 내가 살아갈 수 없으리라는 것을 알고
　있다.　　　　　　　　　　　　　　　　　　　92쪽

노망이 나서, 알츠하이머에 걸려 모든 기억을 잃고 죽어가는 여자와
젊어 아주 빛났던 여자를 한 군데 같이 두는 것은 오직 아니 에르노의
소설 쓰기를 통해서만 가능하니까요. 그래서 엄마의 좋은 면과 나쁜 면,
아름다웠던 면과 추악했던 면을 다 모아놓고 싶었던, 그런 욕망이 바로
『한 여자』인 겁니다. 이렇게 모아놓지 않으면, 대부분은 한 인간의 마지
막 모습만 논하게 되지요. 늙어 딸네집에 얹혀살다가 치매에 걸려 죽은
촌스런 노인네! 아니 에르노는 이와 같은 섣부른 규정을 부수기 위해 이

책을 쓴 겁니다. 망각에 익숙한 뇌 대신 문장으로 그미의 삶을 하나하나 새기려는 노력이지요. 누군가를 영원히 사랑하는 방법이기도 하고요.

한 여자

『남아 있는 나날』

오늘은
가즈오 이시구로의 『남아 있는 나날』
입니다.

제목이 너무너무 멋있죠. '나날'이라는 단어의 느낌이 이 소설의 분위기와 잘 어울립니다.

이 소설은 편견에 관한 이야기입니다. 사람들은 자신이 공평하게 세상을 바라본다고 생각하지만, 대부분은 편견에 사로잡혀 있습니다. 직업 때문에 만들어진 편견일 수도 있고 가족이나 가문 때문에 생긴 편견일 수도 있겠지요. 국가가 그런 편견을 국민에게 교육시킬 수도 있습니다.

편견 속에서 살아온 한 인간에 관한 이야기입니다. 그 편견을 따끔하게 지적하고 비판하는 것이 아니라, 왜 그는 그런 편견을 지닐 수밖에 없었는가를 잔잔하게 보여주지요.

주인공인 영국인 스티븐스의 직업은 집사입니다. 평생을 집사로 살아온 사람이지요. 달링턴이라고 하는 귀족을 모시고 삼십오 년을 살았고 지금은 패러데이라고 하는 미국인을 모시고 있습니다. 패러데이가 스티븐스에게 '삼십오 년이나 집사로 지내면서 휴가 한 번 안 냈으니 이번엔 푹 쉬고 오도록 하라'며 육 일 동안 휴가를 줍니다. 스티븐스는 육 일 동안 뭘 할까 고민에 빠지지요. 자기가 옛날에 사랑했던, 죽기 전에 꼭 한번 보고 싶었던 여인을 만나러 가기로 합니다. 함께 달링턴을 모실 때 그미는 켄턴 양이라고 불렸지만 지금은 벤이라는 사람과 결혼해서 벤 부인이 된 여자입니다. 소설은 이 여자를 만나러 가는 이야기입니다.

이 여자를 만나러 가면서 스티븐스는 생각합니다. 그미가 편지를 띄엄띄엄 보내왔던 거죠. 스티븐스는 편지의 행간을 어둡게 읽습니다. '아, 이 여자가 참 불행하구나. 이 여자가 자기 남편과 이혼하려고 하는구나. 옛날처럼 같이 일하자고 설득해야지. 그리고 기회를 잡아 사랑을 고백해야겠어.'

스티븐스는 아주 나이가 많은 집사입니다. 그는 여행 내내 '집사의 집사다움'에 관해서 이야기하지요. 소설가인 제가 '소설가란 무엇인가'를 고민하고 아나운서가 '아나운서가 무엇인가'를 고민하고 프로듀서가 '프로듀서란 무엇인가'를 고민하듯이, 집사란 무엇인가에 관해서 집사들끼리 모여서 토론하는 장면이 눈길을 끕니다. 전혀 몰랐던 직업의 세계이지요.

'품위'는 자신이 몸담은 전문가적 실존을 포기하지 않을 수 있는

남아 있는 나날

집사의 능력과 결정적인 관계가 있다.   57쪽

집사의 집사다움은 전문가적인 실존을 포기하지 않는 데서부터 나온
다는 주장입니다. 집사의 전문가적인 능력은 어떤 걸까요.

위대한 집사들의 위대함은 자신의 전문 역할 속에서 살되 최선을
다해 사는 능력 때문이다. 그들은 제아무리 놀랍고 무섭고 성가신 외
부 사건들 앞에서도 결코 흔들리지 않는다. 그들은 마치 점잖은 신사
가 정장을 갖춰 입듯 자신의 프로 정신을 입고 다니며, 악한들이나
환경이 대중의 시선 앞에서 그 옷을 찢어발기는 것을 결코 허용하지
않는다. 그가 그 옷을 벗을 때는 오직 본인의 의사가 그러할 때뿐이
며, 그것은 어김없이 그가 완전히 혼자일 때이다. 이것이 바로 내가
말하는 '품위'의 요체이다.   58쪽

이게 핵심입니다. 『남아 있는 나날』에는 놀랍고 무섭고 성가신 외부
사건들이 닥치지요. 그 속에서 스티븐스는 흔들림이 없습니다.
그의 아버지도 또한 집사입니다. 은퇴한 아버지가 집사장인 스티븐
스의 집사보조로 들어옵니다. 큰 행사가 열리던 날 아버지가 쓰러져 정
신을 잃고 끝내 죽고 맙니다. 그때도 스티븐스는 아버지 곁에서 임종을
지키는 대신, 여러 귀족들 곁에 머물며 집사장으로서 할 일들을 묵묵히
해냅니다. 그게 집사다움이라고 믿은 것이지요.
그리고 켄턴 양과 지내는 동안 마음이 설레고 로맨스가 붙기 시작할
찰나에도 사랑을 속삭이지 않습니다. 집사장으로서 일하는 여자들을 냉

정하게 대해야 한다는 원칙 때문이지요. 이런 면모들이 스티븐스가 주장하는 집사다움입니다.

따져보면 집사뿐만 아니라 모든 직업에 그런 부분이 있는 것도 같습니다. 소설가의 품위도 있겠죠. 나는 소설가니까 이런 것은 절대 할 수 없다거나 소설가니까 이런 것은 반드시 해야 하는 것 말입니다. 그런데 가끔 제 딸들에게 황당한 이야기를 듣곤 합니다. "아빠는 정말 소설가 같애." 내가 소설가인데, 소설가 '같다'는 지적은 또 뭘까요. 소설가 같은 게 아니라 소설가야 아빠! 이렇게 정정해줘야 할까요. 소설가의 삶과 소설가 '같은' 삶은 무엇이 같고 다를까요. 『남아 있는 나날』을 읽는 내내 이런 고민에 빠져들었습니다.

스티븐스는 계속 집사다운 삶을 살려고 하는 거죠. 집사는 이러이러한 것이다. 자기 나름대로 정해놓은 규정이 있고, 그 규정에 맞춰 삼십 몇 년 동안을 근무한 겁니다. 이야기는 어쩌면 아주 밋밋할지도 모릅니다. 늙어죽기 전에 여자를 만나러 가는구나 정도의 느낌이지요.

그런데 180쪽쯤부터 흥미로운 이야기가 펼쳐지지요. 스티븐스가 삼십오 년간 모셨던 영국 귀족 달링턴이 히틀러에게 굉장히 관대했던 겁니다. 이차대전이 일어났을 때 독일을 지지했던, 유태인을 경멸했던 사람인 거죠. 어느 날 달링턴이 스티븐스를 불러 묻습니다. 하인들 중에서 유태인이 누구냐고. 스티븐스는 여자 하인 두 사람이 있다고 답하지요. 달링턴은 그들을 내보내라고 명령합니다. 스티븐스는 군말 없이 알겠다고 하고 그 방을 나옵니다. 여자 하인들을 관리하는 캔턴 양을 불러 그 둘을 내보내라고 말합니다. 그런데 캔턴 양은 강하게 저항합니다. 유

남아 있는 나날

태인이라고 해도 그 두 사람이 너무 일을 잘하고 아무 잘못도 없는데 왜 내보내야 하느냐는 것이죠. 스티븐스는 집사의 의무는 주인에게 봉사하는 것이지 나랏일에 참여하는 것이 아니라는 입장을 견지합니다. 외부의 판단기준으로 주인의 명령에 거역하는 게 아니고, 오직 명령을 충실히 따르는 것이지요. 결국 두 여자 하인은 유태인이라는 이유로 그 저택에서 쫓겨납니다. 캔턴 양은 스티븐스에게 크게 실망하지요. 왜 항상 그렇게 시치미를 떼고 사느냐고 따집니다. 아무리 집사장이라고 해도, 자신의 입장이 있을 것 아니냐는 거죠. 둘 사이가 결정적으로 벌어진 사건이기도 합니다.

소설의 말미에서 드디어 스티븐스는 켄턴 양을 만납니다. 그런데 스티븐스가 그미의 편지에서 추측한 것이 착각이었음이 드러납니다. 이 여자가 불행할 것이고 그래서 그에게 기회가 있으리라 여겼는데, 전혀 아니었던 겁니다. 남편과 다투기도 했지만 그와 이별할 뜻이 없는 겁니다. 집사인 스티븐스는 그 정도에서 마음을 접지 못하고, 고지식하니까 꼬치꼬치 따집니다.

"스티븐스 씨, 당신은 지금 제게 남편을 사랑하느냐 안 하느냐를 묻고 있는 것 같군요."
"그럴 리가요, 벤 부인, 내가 어떻게 감히……."
"어쨌든 꼭 답변해 드려야 할 것 같네요, 스티븐스 씨. 당신도 말씀하셨듯이 이제 우린 오래도록 다시 못 볼지도 모르니까요. 그래요, 저는 남편을 사랑합니다. 처음에는 아니었어요. 처음 오랫동안은 아니었어요. 그 옛날 달링턴 홀을 떠나올 때만 해도 제가 정말, 영원히 떠나게 될 거라곤 생각지 못했답니다. 그저, 스티븐스 씨 당신을 약 올리기 위한 또 하나의 책략쯤으로만 생각했던 것 같아요. 그러나 막 상 여기로 와 한 남자의 아내가 되어 있는 나 자신을 발견했을 때, 저 는 큰 충격을 받았지요. 그후 오랫동안 저는 무척이나 불행했어요. 이루 말할 수 없이…… 그러나 한 해 두 해 세월이 가고 전쟁이 지나 가고 캐서린이 장성했어요. 그리고 어느 날 문득 남편을 사랑한다는 걸 깨달았습니다. 누구하고든 오랜 시간을 함께하다 보면 그 사람한 테 익숙해지게 마련이죠. 남편은 자상하고 착실한 사람이에요. 그래 요, 스티븐스 씨, 이제 저는 그를 사랑하게 되었습니다.”

그러고는 다시 침묵을 지키던 켄턴 양이 잠시 후 말을 이었다.

“하지만 이따금 한없이 처량해지는 순간이 없다는 얘기는 물론 아 닙니다. ‘내 인생에서 얼마나 끔찍한 실수를 저질렀던가.’ 하고 자책 하게 되는 순간들 말입니다. 그럴 때면 누구나 지금과 다른 삶, 어쩌 면 내 것이 되었을지도 모를 ‘더 나은’ 삶을 생각하게 되지요. 이를테 면 저는 스티븐스 씨 당신과 함께했을 수도 있는 삶을 상상하곤 한답 니다. 제가 아무것도 아닌 사소한 일을 트집 잡아 화를 내며 집을 나 와버리는 것도 바로 그런 때인 것 같아요. 하지만 한 번씩 그럴 때마 다 곧 깨닫게 되지요. 내가 있어야 할 자리는 남편 곁이라는 사실을. 하긴, 이제 와서 시간을 거꾸로 돌릴 방법도 없으니까요. 사람이 과 거의 가능성에만 매달려 살 수는 없는 겁니다. 지금 가진 것도 그 못 지않게 좋다, 아니 어쩌면 더 나을 수도 있다는 걸 깨닫고 감사해야 하는 거죠.”

293-294쪽

'내 인생에서 얼마나
끔찍한 실수를 저질렀던가.'
하고 자책하게 되는
순간들 말입니다

그럴 때면 누구나
지금과 다른 삶,
어쩌면 내 것이 되었을지도
모를 '더 나은' 삶을
생각하게 되지요

여자는 이렇게 사랑에 대한 자신의 생각을 이미 깔끔하게 정리한 겁니다. 스티븐스는 너무 늦게 온 것이죠. 그미를 붙잡을 기회가 여러 번 있었겠지만, 결국 이 핑계 저 핑계를 대며 주저하다가 끝난 겁니다. 그가 적극적으로 자신의 사랑을 표현하지 않는데, 그미가 어찌 새로운 결단을 할 수 있겠습니까. 그는 결국 혼잣말을 하듯 자신의 연정을 곱씹고만 있었던 겁니다. 그리고 결국 그미에게서 남편을 사랑한다는 말을 들었죠. 그의 심정은 어땠을까요?

> 그때 내가 곧바로 무슨 대꾸를 했을 것 같지는 않다. 캔턴 양의 말을 제대로 소화하는 데 1~2분 정도 걸렸으니까. 게다가 그녀의 말에는, 여러분도 짐작하겠지만 내 마음에 적지 않은 슬픔을 불러일으킬 만한 의미가 함축되어 있었다. 이제 와서 뭘 숨기겠는가? 실제로 그 순간, 내 가슴은 갈기갈기 찢기고 있었다.   294쪽

여기 한 남자가 있습니다. 그는 우유부단한, 그래서 평생 자기가 하고 싶었던 걸 못한, 사랑하는 여자마저도 붙들지 못한 사내입니다. 그런데 그는 그것을 후회하는 대신, 집사라는 직업의 '품위'로 포장했지요. 집사이기 때문에 어쩔 수 없었다고요. 집사다움을 지키기 위해 그미를 떠나보낼 수밖에 없었다고요. 켄턴 양과의 재회를 마친 뒤, 비로소 그는 때늦은 후회를 하지요. 그것도 아주 집사다운 방식으로 말입니다. 선창에서 우연히 만난 노인에게 이렇게 털어놓습니다.

"사실 나는, 달링턴 경께 모든 걸 바쳤습니다. 내가 드려야 했던

최고의 것을 그분께 드렸지요. 그리고 나니 이제 나란 사람은 줄 것
도 별로 남지 않았구나 싶답니다." 298쪽

달링턴 경에게 최고의 것을 드리는 동안, 그의 사랑은 떠나간 셈입니
다.

제목만 보면 낭만적인 소설이 아닐까 하는 첫인상을 갖게 됩니다. 그
러나 곰곰이 따져보면 굉장히 무서운 이야기이지요. 직업적인 편견을
가지며 세상을 사는 것이 무엇일까. 그 편견을 내 삶의 방패막이로 삼는
것은 얼마나 현실로부터 멀어지는 것일까. 이런 질문들을 끝까지 줄기
차게 밀어붙이는 작품입니다. 육 일 동안의 여행을 마치고, 캔턴 양과 자
신의 거리를 확인한 스티븐스의 남은 삶은 어떠할까요. 영국 귀족에서
미국 부자로 주인이 바뀌듯 그의 삶도 어느 정도는 달라질까요. 아니면
끝까지 집사다움을 유지하며 지난 생애처럼 같은 방식을 고집할까요.
그래도 이 육 일의 여행이 어느 정도는 스티븐스를 정직하게 만들지 않
았을까 하는 생각을 해봅니다. 집사답게 타인에게 그 속내를 드러내진
않더라도, 자신의 인생이 항상 공평하고 옳았다는 고집에선 벗어날 수
있겠지요. 켄턴 양의 고백처럼 가끔은 '내 인생에서 얼마나 끔찍한 실수
를 저질렀던가' 하며 자책하진 않을까요. 그 은밀한 깨달음에 바쳐진 소
설이 바로 『남아 있는 나날』이 아닐까 합니다.

『녹턴』

오늘은
가즈오 이시구로의 주제가 있는 소설집
『녹턴』입니다.

'음악과 황혼에 대한 다섯 가지 이야기'라는 부제가 붙어 있지요. 다섯 개의 단편 중에서 첫 번째인 「크루너」와 마지막 작품인 「첼리스트」를 살펴볼까 합니다.

가즈오 이시구로는 일본에서 태어난 후 영국으로 이민을 가서 정착한 작가입니다. 영화로도 제작된 『남아 있는 나날』이나 『나를 보내지 마』와 같은 작품에서 보듯, 매우 격조 높은 소설을 씁니다. 어렸을 때 꿈은 가수였다고 합니다. 『녹턴』을 읽어보면 음악에 대한 그의 깊은 흠모가 잘 드러납니다.

「크루너」라고 하는 첫 번째 단편을 볼까요.

크루너는 원래 1930, 40년대 부드러운 콧소리가 가미된 창법을 구사하는 가수를 일컫습니다. 등장인물인 토니 가드너가 바로 크루너인 거죠. 공간적 배경은 베네치아의 산마르코 광장이고, 거기에 폴란드 출신의 기타리스트 얀이 있습니다. 얀이 기타를 한참 치고 있는데, 토니 가드너가 바로 옆에 앉아 있는 겁니다. 얀은 깜짝 놀라죠. 토니 가드너는 세계적인 가수니까요. 얀의 어머니가 부부싸움을 한다든지 설거지를 하다가 화가 난다든지 하면 토니 가드너의 음악을 틀어놓고 위로를 받았거든요. 자기 엄마가 좋아하는 가수를 직접 보게 됐으니 얼마나 놀라운 일입니까.

그래서 얀은 토니에게 말하죠. 우리 엄마가 당신의 팬이라고. 무명 연주자와 유명 가수 사이에서 흔히 일어날 법한 레퍼토리로 흘러갈까 싶었는데, 토니가 갑자기 얀한테 저녁에 시간 있냐고 묻는 겁니다. 얀이 되묻죠. 왜 그러세요? 토니가 답합니다. 내 아내 린다 가드너에게 밤에 노래를 세 곡 불러줘야겠다. 배를 타고 가다가 세워둔 채 배 위에서 창문을 바라보며 사랑 노래를 불러줄 예정인데, 그때 옆에서 반주를 해다오. 이렇게 된 거죠. 얀으로선 너무너무 감동했고 당연히 응했습니다.

얀은 그 밤에 약속 장소로 갑니다. 계획대로 토니가 아내인 린다 앞에서 노래를 부릅니다. 세 곡을 아주 멋지게 부르죠. 얀은 최선을 다해 열심히 기타를 칩니다. 그런데 노래가 끝난 후 린다가 펑펑 우는 겁니다. 처음에 얀은 이렇게 추측합니다. 린다가 너무 감동해서 우는가보다.

이십칠 년 전에 결혼하여 지금까지 행복하게 지낸 남편이, 그것도 아주 유명한 가수가 직접 사랑 노래를 불러주니까요. 더군다나 베네치아는 두 사람의 신혼여행지였던 거예요. 여러분이 린다라고 해도 감동할 법하지요.

그런데 린다가 너무 펑펑 우니까 이상해서 얀이 토니한테 묻죠. 두 분은 여기에 왜 왔습니까? 토니가 답하기를, 우린 이혼하려고 해. 마지막 이별여행을 신혼여행지로 온 거야, 라고 합니다. 얀이 깜짝 놀라 다시 묻습니다. 두 분은 굉장히 사랑하는 사이 같은데 왜 이혼하려고 하느냐고.

토니가 제법 긴 설명을 시작합니다. 린다는 유명한 스타랑 결혼하는 게 평생 소원인 그렇고그런 여자였다고. 미국에는 이런 여자들이 많다고 합니다. 그미들은 유명 연예인과 결혼하기 위해 맨 처음에 LA 외곽 지역의 식당에서 일한대요. 린다도 그런 곳에서 일을 시작했는데, 거기서 스타와 결혼하기 위해 필요한 모든 규칙과 트릭을 알고 있는 메그라는 여자와 만납니다. 린다는 메그의 조언을 귀담아 듣고 그대로 따릅니다. 린다는 우선 디노 휘트먼이라는 어느 정도 명성을 누리던, 그러니까 아주 유명하진 않고 어느 정도 지명도가 있는 가수와 결혼을 합니다. 그리고 린다는 디노를 따라서 파티에 가죠. 연예인들이 서로 어울리는 그런 파티 말입니다.

린다는 거기서 토니 가드너를 만납니다. 린다는 디노랑 이혼을 하고 도약하여 최고 수준의 유명 연예인인 토니 가드너와 결혼을 하죠. 메그의 충고대로 말입니다. 결혼을 할 때는 토니가 훨씬 더 린다를 사랑했고, 린다는 유명 연예인과 결혼하는 게 소원이었기에 토니를 깊이 사랑한 건 아니었대요. 하지만 결혼한 후 미운정 고운정이 쌓이면서, 오 년이 되고 십 년이 되고 이십 년이 넘어가면서 린다도 토니를 사랑하게 됐다는 겁니다.

그 사이 이십칠 년이 흘렀어요. 이십칠 년이 흐르고 나니 토니의 인기가 떨어졌습니다. 이제 올드팝을 즐기는 사람들만 토니의 노래를 즐길 뿐이죠. 토니는 결심합니다. 이렇게 내 인생을 망칠 수 없어, 나는 다시 재기해야겠다! 그런데 재기를 하려면 이슈가 있어야 하는 겁니다. 토니와 린다는 둘이 마주보고 앉아서 우리가 만들 수 있는 최고의 이슈가 뭘까 고민했죠. 그리고 이혼이라는 답에 도달한 겁니다.

하필 그때 또 다른 아주 젊은 여자, 그러니까 토니보다 사십 년쯤 젊은 이십대 여자가, 옛날의 린다처럼, 토니한테 사랑한다고 고백한 거죠. 그래서 린다는 권합니다. 나랑 이혼하고 저 젊은 여자랑 결혼을 하면 다시 당신은 조명 받을 거고 세상으로 나아갈 수 있다. 린다 역시 더 늙기 전에 토니라는 나이든 가수 말고 유명 연예인과 새로 결혼할 기회를 한번 더 갖는 셈입니다. 참 이상한 윈윈 전략이죠?

각자 희망을 찾아 떠나자! 이렇게 합의를 본 겁니다. 사랑하지만 이별한다는 식이죠. 그리고 이별하기 전에 마지막으로, 신혼여행을 갔던 곳으로 이별여행을 온 거죠. 토니가 안에게 사연을 들려준 다음 소설은 마무리 국면으로 접어듭니다. 둘은 결국 이혼하죠. 인생이라는 것이 뭘까요. 사랑하고 결혼하여 아이를 낳고 가족을 이루며 알콩달콩 살지만, 영원히 꺼지지 않는 욕망 같은 게 있는 것 같습니다. 그 욕망을 이루기 위해선 한 번 더 삶을 비틀어야 하는 겁니다. 이십칠 년을 아끼고 사랑한 것조차 버리고, 다시 시작하는 순간의 고통과 슬픔 그 신음소리가 이 소설에 담겼습니다.

다음 소설 「첼리스트」로 넘어가겠습니다.

이 소설도 공간적 배경은 「크루너」와 같은 베네치아 산마르코 광장입니다. 일인칭 화자인 색소폰 연주자 '나'는 연주에 열중하다가 옛날에 함께 연주했던 동료를 알아봅니다. 티보르라는 첼리스트가 광장에 앉아 있었던 겁니다. 티보르는 칠 년 만에 나타난 거예요. 나는 연주를 하면서, 티보르와 함께했던 칠 년 전을 회상합니다.

칠 년 전 티보르는 엘로이즈 맥코믹이라는 미국 여자를 만납니다. 티보르의 연주를 들은 그미는 잠재력은 있다고 평하지요. 그리고 중요한 단 한'사람을 만나야 한다고 충고합니다. 티보르가 그 한 사람이 누구냐고 묻자 엘로이즈는 답하지요.

"당신의 실력을 꽃피워줄 사람을 말하는 거예요. 당신의 연주를 듣고 당신이 잘 훈련된 범재 이상의 존재라는 것을, 지금은 번데기에 머물러 있지만 약간의 도움만 받으면 나비가 되어 날아갈 수 있다는 걸 알아주는 사람 말이에요." 220쪽

엘로이즈는 혹시 이 문제에 대해 이야기하고 싶은 마음이 들면, 자신이 묵고 있는 엑셀시오르 호텔로 오라고 하지요. 티보르는 반신반의하

녹턴

다가 첼로를 가지고 그 여자한테 갑니다. 첼로를 연주하는 거죠. 남자가 연주하면 그 여자가 지적하는 나날이 시작됩니다. 틀렸어, 좀더 빠르게, 리듬은 이렇게 하고, 힘은 이렇게 넣고…… 조언합니다. 조언에 따라 연주하니 실력이 늡니다. 티보르는 매일매일 그미에게 가게 되지요. 지적해주는 대로 첼로를 켜다가, 그는 그미가 첼로 켜는 걸 한 번도 본 적이 없다는 걸 문득 깨닫습니다. 그미의 방에는 첼로라는 악기 자체가 없지요. 보통 첼로 연주자들은 아무리 긴 여행을 가도 첼로를 가지고 가는데 말입니다. 티보르는 그미의 연주가 듣고 싶습니다. 이렇게 잘 가르친다면, 연주 실력 또한 빼어나리라고 기대하는 것이지요. 그리고 기회를 엿봅니다.

어느 날, 엘로이즈로부터 지적을 받은 티보르가 받아칩니다. 두 사람의 대화가 잔잔한 듯 격렬하지요.

"죄송합니다. 당신이 직접 연주해주신다면 좀 더 분명하게 표현할 수 있을 것 같아요. 전 당신이 말하는 '우리다움이 없다'는 의미를 이해할 수가 없습니다."

"그러니까 지금 나보고 그 부분을 직접 연주해달라는 건가요? 그게 당신이 하고 싶은 말이에요?"

그녀는 차분하게 말했지만 이제 몸을 돌려 그를 마주 보고 있었다. 긴장감이 감돌았다. 그녀는 거의 도전적인 눈빛으로 티보르의 대답을 기다리며 그를 바라보고 있었다.

이윽고 그가 대답했다. "아닙니다. 제가 다시 해보겠습니다."

"왜 내가 직접 연주하지 않는지 이상한 거죠? 당신 첼로를 좀 빌려줘요. 내가 무슨 뜻으로 그런 말을 하는 건지 보여주죠."

"아닙니다……." 그는 부디 태연하게 보이기를 바라며 고개를 저었다. "아닙니다. 늘 해오던 대로 하는 게 좋겠습니다. 당신이 말로 지적하면 제가 연주하지요. 그 방식은 단순한 모방과는 다르니까요. 당신의 말은 내게 창을 열어줍니다. 당신이 직접 연주를 한다면 창이 열리지 않을 겁니다. 그저 모방할 뿐이지요."

그녀는 그 말을 잠시 생각해보는 듯하더니 이윽고 말했다. "당신 말이 맞을 거예요. 좋아요. 내가 의미하는 바를 더 잘 표현해봐요."

234쪽

티보르는 차마 그미에게 연주를 해달라고 끝까지 밀어붙이지 못한 겁니다. 엘로이즈가 말하고 티보르가 연주하는, 이 가르치고 배우는 방식이 깨어질까 스스로 두려웠는지도 모릅니다.

엘로이즈는 미국으로 떠나기 직전에 이 비밀에 관해 설명해줍니다. 소설의 백미입니다.

"만약 당신이 나에게 지금 당장 그 첼로를 주고 연주를 해보라고 한다면, 나는 '아뇨, 못해요.' 하고 말하지 않을 수 없어요. 당신의 첼로가 시원찮다거나 하는 이유에서가 아니에요. 하지만 당신이 나를 가짜라고, 실력도 안 되면서 잘난 척하는 사람이라고 여긴다면, 그건 실수라고 말해주고 싶어요. 우리가 성취해낸 것들을 좀 봐요. 그게 내가 가짜가 아니라는 충분한 증거 아닌가요? 그래요. 난 당신에게 내가 거장이라고 했어요. 음, 무슨 뜻으로 그런 말을 했는지 설명할게요. 그건 내가 아주 특별한 재능을 갖고 태어났다는 뜻이에요. 바로 당신처럼요. 당신과 나, 우리는 대부분의 첼리스트가 아무리 열심히 한다 해도 결코 가질 수 없는 그 무엇을 이미 갖고 있어요. 그 교회에서 당신 연주를 처음 들은 순간 난 당신 안에 있는 그것을 알아볼 수 있었어요. 그리고 어떤 점에서 당신 역시 내 안에 있는 그걸 알아본 거예요. 바로 그랬기 때문에 당신이 호텔에 오기로 결정한 거예요.

우리 같은 사람은 많지 않아요, 티보르. 그리고 우리는 서로를 알아봤어요. 내가 이제까지 첼로를 연주하는 법을 배우지 않았다고 해도 아무것도 달라지지 않아요. 당신은 내가 '지금 현재' '이미 거장'이라는 사실을 이해해야 해요. 다만 아직 베일에 싸여 있는 거장인 거죠. 당신 역시 아직 완전히 베일을 벗지 못했어요. 지난 몇 주 동안 내가 해온 일이 바로 그거예요. 나는 당신이 허물 벗듯 그 겹겹의 베일을 벗는 걸 도와주려고 애썼어요. 난 결코 당신을 속이려 한 적이 없어요. 99퍼센트의 첼리스트들이 그 여러 겹의 층 아래에 아무것도 갖고 있지 않아요. 벗겨내봐야 아무것도 없다고요. 그러니 우리 같은 사람들은 서로 도와야 해요. 사람들로 붐비는 광장이든 어디에서든 서로를 알아보면 도움의 손길을 뻗어야 해요. 왜냐하면 우리 같은 사람들은 정말 소수니까요."   238-239쪽

그리고 엘로이즈는 첼로를 연주하지 않는 이유를 밝힙니다. 그미는 어렸을 때 첼로를 배웠습니다. 그리고 즉각 자기한테 엄청난 재능이 있다는 걸 알았다는 거예요. 그런데 그미는 선생님들이 가르쳐주는 대로

당신의 말은
내게
창을 열어줍니다

당신이 직접
연주를 한다면
창이 열리지 않을 겁니다
그저
모방할 뿐이지요

따를수록 이 재능이 망가질 걸 알았답니다. 그래서 열한 살 이후로는 첼로에 손을 댄 적이 없다는 겁니다. 그리고 마흔한 살이 된 지금까지 첼로를 연주하지 않았다고 합니다. 재능을 드러내지 못한다는 사실 때문에 고약한 기분이 들지만 재능을 손상시키는 것보다는 낫다는 것이죠. 기다리는 편이 언제나 낫다는 그미의 이야기는 은둔을 운명으로 받아들인 자들의 변명으로까지 들립니다. 이 설명은 사실일까요? 아니면 잘 꾸며낸 거짓말일까요? 선수로서는 성공하지 못했지만 감독으로 탁월한 명성을 쌓는 이들을 가끔 보게 됩니다. 무엇인가를 직접 하는 것과 그것을 가르치는 일은 얼마나 다를까요.

그 밤을 끝으로 둘은 영원히 헤어지지요. 티보르는 암스테르담으로 직장이 생겨 떠났고 엘로이즈는 결혼을 하려고 미국으로 건너갑니다. 그리고 칠 년 만에 티보르가 다시 광장에 나타난 거죠. 그래서 연주자인 '나'는 무척 궁금합니다. 저 티보르가 칠 년 동안 연주 실력이 많이 좋아졌을까? 어디서 뭘 했지? 혹시 엘로이즈를 다시 만났을까? 연주가 끝나고 가서 물어보려는데 티보르는 사라지고 없습니다. 티보르가 과연 지금도 첼로를 연주할까 하는 것조차 확인을 못 했는데 말입니다. 그리고 소설은 끝납니다.

「크루너」도 그렇고 「첼리스트」도 그렇고, 『녹턴』에 담긴 다섯 개의 단편은 말로 꼭 집어 정확히 표현하기 어려운 삶의 결을 어루만집니다. 곰곰이 생각해보면, 무척 뜨거운 이야긴데도 작가는 아무렇지도 않은 듯 슬슬슬슬 이야기를 풀지요. 책을 읽고 나면 이런 생각이 듭니다. 재능이라는 게 뭘까. 재능이라는 게 처음부터 있는 것일까. 아니면 점점점

점 발전하는 것일까. 엘로이즈는 이렇게 주장했지요. '재능이란 원래 있는 것이고 내 재능이 어떤 것인지 발견하는 순간 나는 벌써 대가가 된다.' 과연 그럴까요.

part 2.
자부심도 나의 것,
경멸도 나의 것

『
디
어
라
이
프
』

오늘은
캐나다 소설가 앨리스 먼로의 『디어 라이프』
입니다.

이 작품집을 내고 앨리스 먼로가 '더 이상 나는 소설을 쓰지 않겠다. 이게 나의 마지막 작품이다'라고 밝혔다지요? 노벨문학상을 받은 후엔 꼭 그런 것은 아니라는 뒷이야기가 흘러나옵니다. 먼로의 눈부신 단편들을 아끼는 독자의 한 사람으로선 계속 이야기를 만들고 단편집을 출간해주었으면 합니다. 먼로의 여러 단편집들이 모두 수작이지만, 그중에서 저는 이 책을 가장 아낍니다. 가장 나이가 들어 펴낸 최근작이지요. 제가 보기엔 완전히 이야기 만들기에 도통한 늙은 개구리 같습니다. 어린 시절 개구리는 늪이나 연못으로 가면 흔히 보입니다. 그런데 녀석을 잡기가 쉽지 않습니다. 아이들 예상과는 다른 방향이나 속도로 튀어오르니까요. 『디어 라이프』의 소설은, 언제나 독자들의 예상을 깨고 튀는, 아주 용감하고 끝까지 살아남는, 개구리 같은 소설입니다.

이 빽빽한 단편들을 한꺼번에 읽으면 안 됩니다. 한 편 읽고 하루 쉬었다가 또 한 편 읽고, 단편이 열 편, 자전적 이야기가 네 편 정도 실려 있으니까, 한 달 정도 천천히 읽었으면 좋겠어요. 각 편마다 생각할 부분이 많기 때문에 빨리 읽으면 중요한 지점들을 놓친다는 생각이 듭니다. 저는 오늘 두 편 정도만 소개하려고 합니다. 하나는 「일본에 가 닿기를」이고 다른 하나는 「기차」입니다.

두 작품의 공통점은 둘 다 기차가 중요한 구성요소로 등장한다는 겁니다. 기차를 등장시킨 이야기를 앨리스 먼로가 어떤 식으로 풀어내는가를 저와 같이 음미해보셨으면 합니다. 소설을 소개할 때마다 항상 소설을 어찌 소개해야 하나 걱정이 많습니다. 특히 『디어 라이프』처럼 꽉 짜여 완성도가 높은 소설은 제가 말을 섞으면 섞을수록 느슨해지는 게 아닐까 걱정이지요. 늘 그렇습니다.

「일본에 가 닿기를」을 볼까요. 주인공은 그레타라는 여자 시인입니다. 그미에게는 피터라는 남편과 케이티라는 딸이 있습니다. 캐나다 밴쿠버에서 아주 화목하게 살고 있어요. 엔지니어인 피터가 캐나다 북쪽의 룬드라는 도시에서 여름 몇 달을 근무하게 됩니다. 그레타랑 케이티는 밴쿠버에 남을 예정이니, 부부가 떨어지게 되는 셈이죠. 그때 토론토에 그레타가 아는 지인의 방이 한 달 동안 비게 됩니다. 그레타는 마침 남편도 장기 출장을 갈 테니, 케이티를 데리고 토론토에 가서 머물겠다고 결정을 내립니다. 그래서 이 소설의 첫 장면은 남편 피터가 밴쿠버

역까지 배웅을 와서 아내인 그레타, 딸 케이티와 헤어지는 장면입니다.

남편인 피터 외에 이 단편에는 남자 두 명이 더 등장합니다. 한 명은 해리스 버넷이라는 토론토에 사는 칼럼니스트예요. 그레타와 해리스 버넷은 밴쿠버의 어떤 모임에서 만납니다. 해리스 버넷이 잠시 다니러 온 것이지요. 유부남 유부녀인 두 사람은 서로에게 호감을 느끼지요. 그리고 키스를 하려다가 멈춥니다. 도덕적인 자의식이 발동했다고나 할까요. 그런데 그레타가 막상 토론토로 가려고 하니 거기 해리스 버넷이 살고 있는 겁니다. 그레타는 해리스 버넷에게 내가 토론토로 간다는 사실을 알리고 싶습니다. 편지를 쓰기로 하지요. 그런데 편지를 어찌 쓸까 고민에 빠집니다. 자세히 쓰면 해리스 버넷의 아내가 혹시 보고 눈치 챌까 걱정입니다. 그게 싫으니까 이 궁리 저 궁리 하다가 이렇게 편지를 씁니다.

이 편지를 쓰는 것은 유리병 속에 편지를 넣는 것과 같아요.
그리고 바라죠.
편지가 일본에 가 닿기를. 　　　　　　　　　　　　　　22쪽

그리고 해리스 버넷이 근무하는 신문사로 발송한 겁니다. 위에 인용한 석 줄만 쓰고 그 아래에 기차 도착 시간과 날짜만 적지요. 발송인도 밝히지 않습니다. 해리스 버넷이 이 편지를 받은 후 기차역으로 나올 수도 있고 안 나올 수도 있는 겁니다. 그냥 보낸 거예요. 보내고 지금 밴쿠버에서 기차를 타고 토론토로 가는 겁니다.

　　　　　　　　　　　　　　　　　　　　　디어 라이프

두 번째 남자가 그레그입니다. 기차 칸에서 만났던 무명 배우죠. 싱그러운 젊은이입니다. 그레그는 기차에서 케이티를 잘 돌봐줍니다. 밴쿠버에서 토론토까지는 하염없이 가야 되니까 심심하잖아요. 그래서 그 안에서 그레타와 그레그는 친구가 됩니다. 둘이서 술도 한 잔 하고, 그러다가 손을 잡고, 손을 잡다 보니까 육체적 관계까지 맺지요. 케이티를 재우고 그레그의 침대칸으로 가서 사랑을 나눕니다. 그런데 사랑을 나누고 돌아와 보니까 애가 없어진 겁니다. 둘이 사랑을 나누는 사이, 케이티가 깨어 엄마를 찾아 나선 거예요. 크레타는 놀라서 기차 칸을 돌아다니다가 겨우 애를 찾습니다. 그리고 그다음 역에서 그레그는 내립니다. 원래 그레그는 그 역에서 내릴 예정이었죠. 자기 고향집이니까요. 케이티가 없었다면, 그레타는 혹시 딴 마음을 먹었을지도 모릅니다. 기차 칸에서 만나 사랑에 빠진 연하의 남자를 따라서 낯선 역에 내릴 수도 있었겠지요. 그러나 그레타는 케이티와 함께 남습니다. 기차는 그레그를 두고 하염없이 토론토를 향해 달리지요. 그리고 이 소설도 마지막에 이릅니다.

경사로를 올라가자 에스컬레이터가 있었다. 케이티가 서자 그레타도 걸음을 멈추었고, 그들은 사람들이 그들을 지나쳐갈 때까지 그렇게 서 있었다. 그레타가 케이티를 안아올려 허리께에 걸치고 다른 팔로 여행가방을 겨우 들어 움직이는 에스컬레이터에 툭툭 부딪혀가며 구부정한 자세로 올랐다. 다 올라가자 그녀는 아이를 내려놓았고, 그들은 유니온 역의 높고 환한 빛 속으로 다시 손을 잡을 수 있었다.

그들 앞에서 걸어가던 사람들이 기다리던 사람들, 이름을 부르는 사람들에게 이끌려 뿔뿔이 흩어졌다. 그저 묵묵히 다가와 여행가방을 들어주는 사람들도 있었다.

지금 그들의 여행가방을 들어주는 누군가처럼. 그 누군가가 가방을 들고, 그레타를 잡고, 결연하게 축하하듯 그녀에게 처음으로 키스했다.

해리스.

처음에는 놀랐고, 그다음엔 그레타의 심장이 쿵 떨어지는 것 같았고, 이어서 한없이 마음이 놓였다.

그녀는 케이티의 손을 놓지 않으려 했지만 바로 그 순간 아이는 그녀에게서 떨어지며 손을 놓았다.

그녀는 피하려 하지 않았다. 그저 그 자리에 서서 다음에 다가올 일을 기다렸다.

40-41쪽

그레타가 케이티의 손을 잡고 역을 나오는데, 해리스 버넷이 와서 처음으로 키스한 거예요. 낯선 남자가 엄마에게 키스하니까 케이티는 무척 놀랐겠죠. 케이티는 손을 놓고 뒤로 물러납니다. 그 순간 그레타는 딸의 손을 잡으려 하지만 딸은 손을 놓고 물러서는 겁니다. 그리고 마지막 선택이 중요합니다. 그레타는 양심의 가책을 느꼈고 그래서 딸에게 돌아갔다는 이야기가 전혀 아닙니다. 아, 될 대로 되라, 이대로 간다. 이게 앨리스 먼로의 소설이지요.

독자들이, 여기서 멈출 거야, 여기서 양심의 가책을 느낄 거야, 여기서 인생이 한 호흡 쉴 거야, 그렇게 예상하지만, 먼로의 등장인물들은 그냥 쭉 가버리는 겁니다. 그래서 독자들은 놀라고 충격을 받지요. 그다

디어 라이프

인생이란
자기 안의 자의식
혹은
죄의식 때문에

예측할 수
없는 곳으로
통통 퉁겨가는 것인지도
모르지요

음은 어떻게 되지? 룬드에 일하러 간 남편 피터와 딸 케이티를 그레타는 어찌 할까? 그레타는 그럼 토론토에서 새로운 삶을 시작하는 건가? 그 뒷이야기는 독자들 각자의 상상에 맡기는 셈이죠.

다음으로 「기차」라는 소설을 보겠습니다. 「기차」도 참 놀라운 소설입니다.

주인공은 잭슨이란 사냅니다. 그는 군대에 갔다가 1945년에 전쟁이 끝나 기차를 타고 고향으로 돌아오고 있었습니다. 클로버 역이라는 곳에서 내려야 합니다. 이십 마일 정도 남았는데, 갑자기 잭슨이 군용 가방을 기차선로에 던지고 뛰어내립니다. 그게 첫 장면이지요. 왜 잭슨이 뛰어내렸을까? 이것이 끝까지 우리를 궁금하게 만들지요.

잭슨은 한참 선로를 따라 반대편으로 걸어갑니다. 농장이 하나 나오지요. 잭슨은 농장으로 들어갑니다. 남자의 손길이 없는 농장이었어요. 벨이라는 여자가 거기서 혼자 일하며 농장을 꾸려가고 있었죠. 잭슨은 1945년부터 1962년까지 그미랑 살아요. 부부는 아니고요. 그냥 여자랑 남자랑 농장에 같이 거주하는 거죠. 이 여자는 농장일을 해줄 남자가 필요했던 거고요. 잭슨은 그냥 오갈 데가 없어서 거기 머뭅니다.

벨이 잭슨에게 간략하게 자기 집안 이야기를 해주지요. 아버지랑 함께 살았는데 선로에서 사고가 나서 기차에 받혀 죽었다는 겁니다. 이곳으로 온 이유는 어머니 때문이었다고 합니다. 어머니가 1918년부터 독감에 걸렸고, 그 후유증이 정신이상으로 나타났다는 것입니다. 아버지가 어머니를 요양시키기 위해 시골로 왔다가 이 농장에 눌러앉은 것이죠. 지금은 부모 모두 죽은 겁니다.

디어 라이프

그런데 1945년부터 1962년까지 십칠 년 동안 둘이 살다가, 벨의 몸에 종양이 생긴 겁니다. 수술을 받아야 할 만큼 큰 종양이었죠. 수술을 하려고 이 두 사람이 농장을 떠나 토론토로 갑니다. 병원에 입원한 벨이 잭슨에게 갑자기 사랑을 느낀 것 같습니다. 잭슨에게 자신이 평생 숨겨 온 비밀 하나를 털어놓는 것이죠. 아버지가 죽기 전날 밤, 벨이 샤워를 하고 있는데 아버지가 이층으로 와서 자기의 벗은 몸을 봤다는 겁니다. 아버지는 곧 벨한테 사과했는데, 다음날 아버지가 선로에서 기차에 받혀 죽습니다. 딸이 생각하기에는 아버지가 양심의 가책을 느껴 자살한 듯하다는 것이죠. 이 사건도 굉장히 충격적이지만, 이걸 평생 누구한테도 이야기하고 있지 않다가 잭슨에게 털어놓은 것 역시 예사로운 일이 아닙니다. 어찌 보면 사랑의 고백과 같으니까요.

그런데 그 이야기를 들은 잭슨의 반응이 놀랍지요. 그는 병원을 나옵니다. 그리고 걷습니다. 오래 걸어가다가 어떤 집 앞에 멈춰섭니다. 그 집에서 사고가 나서 앰뷸런스가 오지요. 집주인은 잭슨이 믿음직하게 보이니까 '잠깐만 이 집을 좀 관리하고 있어라' 하고 병원에 다녀옵니다. 잭슨은 거기 얌전히 잘 서 있었어요. 주인이 제안합니다. 마땅히 갈 데가 없다면 이 집에 머물며 관리를 하면 어떻겠느냐고요. 그래서 잭슨은 벨에게 돌아가지 않고, 이 집의 관리자가 됩니다.

잭슨은 1962년부터 이 집의 관리자로 몇 년 동안 지내는 겁니다. 여러 사람들이 이사를 왔다 갔다 하지요. 그는 묵묵하게 이 집을 관리합니다. 그러던 중에 캔디스라는 여자와 퀸시라고 하는 남자가 이 집에 들어옵니다. 청소년 정도 나이밖에 되지 않는, 아주 어린 부부입니다. 그들은 이 집에 잠깐 머물다가 방세를 내지 않고 밤에 도망을 쳐버립니다. 그리고 캔디스의 엄마인 일린이라는 여자가 자기 딸을 찾아서 이 집으로 옵니다. 그런데 잭슨은 잠시 몸을 피하고, 집주인이 그미를 만나지요. 일린은 밀린 방세를 내고 우리 딸이 혹시 이곳으로 다시 돌아오면 연락을 달라고 쪽지를 남기고 돌아갑니다. 이런 일린의 모습을 잭슨이 숨어서 보는 거죠. 다른 때 같으면 잭슨이 직접 나서서 이 건물에 살던 이들의 일거수일투족을 자세히 알려줬을 겁니다. 그런데 잭슨은 왜 자신의 일을 하지 않고 숨어버린 걸까요. 여기에 잭슨의 평생에 걸친 기이한 떠돌이 생활에 대한 답이 있습니다.

이야기가 되돌아가지요. 잭슨이 종전 후 기차에 오르는 것보다도 훨씬 전인 잭슨의 고등학교 시절로 갑니다. 그때 잭슨과 일린은 같은 고등학교를 다녔습니다. 그리고 잭슨은 전쟁이 나서 군대에 갔어요. 군대를 갔다가 휴가를 얻어가지고 돌아왔는데, 그때가 일린이 고등학교 삼학년쯤 된 거죠. 둘은 사랑에 빠집니다. 거의 동거를 하다시피 사랑이 깊어집니다.

잭슨이 휴가를 마치고 군대로 복귀하기 하루 전날입니다. 둘이 사랑을 나누려 하죠. 그런데 키스와 포옹부터 시작하여 분위기는 한껏 달아오르는데, 육체적 관계를 맺는 건 계속 실패합니다. 잭슨은 실패한 채, 군대로 복귀합니다. 그리고 일린이 쓴 사랑의 편지가 잭슨에게 계속 날아듭니다. 그리고 전쟁이 끝난 겁니다.

첫 장면을 상기해볼까요. 잭슨은 기차를 타고 클로버 역으로 가고 있습니다. 그 역에선 일린이 예쁜 옷을 입고 잭슨을 기다리며 서 있습니다. 그렇게 재회하고 나면, 둘은 결혼까지 큰 문제 없이 갈 겁니다. 그런

디어 라이프

데 잭슨은 이 예정된 인생이 싫었던 겁니다. 육체적 관계에 실패했다는 것 역시 콤플렉스 중 하나였겠지요. 그래서 기차를 타고 가다가 중간에서 뛰어내린 겁니다.

그리고 농장으로 들어가서 우연히 벨을 만납니다. 뛰어내리는 순간부터 잭슨은 일린을 만나지 않는 곳이면 어디든지 상관없다고 여긴 겁니다. 인생을 이렇게 회피의 나날로 보낸 것이지요. 다시는 일린을 만날일이 없다고 여겼겠지요. 그런데 잭슨이 벨의 농장에서 병원을 거쳐 토론토의 어느 집 관리자로 지내고 있을 때 갑자기 일린이 찾아든 겁니다. 잭슨이 얼마나 놀랐겠습니까. 저 여자를 피해 삼십 년 동안을 도망 다녔는데, 그미가 자기 집으로 들어온 거니까요. 잭슨은 근심에 사로잡힙니다. 소심한 남자니까요. 일린이 다시 오지 않을까 걱정하다가, 사흘 뒤다시 짐을 싸서 그 집을 떠나 기차를 탑니다. 그리고 또 자신과 아무런 연고도 없는 공사판 현장에 내리면서 소설은 끝이 납니다.

인생이 뭔가 여기서 시작하면 저기서 끝날 거야, 한번 타면 쭉 갈 거야, 라고 생각하잖아요. 근데 「기차」라는 작품을 읽고 나면, 기차를 타고 가다가 낯선 역에 그냥 내려 사라지는 인간 군상들에 대해 생각하게 합니다. 인생이란 자기 안의 자의식 혹은 죄의식 때문에 예측할 수 없는 곳으로 통통 튕겨가는 것인지도 모르지요.

오늘 소개하지 못한 나머지 작품들도 다 이 두 작품처럼 강력합니다. 인생을 새롭게 바라보고 곱씹게 만들지요. 아주아주 센 체호프라는 별명을 붙이고 싶을 만큼.

『존 버거의 글로 쓴 사진』

오늘은 존 버거의 『Photo Copies』
한국에서는 『존 버거의 글로 쓴 사진』이라고 번역 소개된
작품입니다.

예전에 제가 대학교에서 학생들을 가르칠 땐, 사진 한 장을 가져와서
보여주곤 자유롭게 이야기를 만드는 연습을 시킨 적이 있습니다. 수강
생이 서른 명이면 똑같은 사진 한 장에서 서른 가지 다른 이야기가 나오
죠. 『존 버거의 글로 쓴 사진』은 존 버거가 자기 인생에서 가장 아름다
웠던, 기억할 만한 장면 스물아홉 개를 모아놓은 책입니다. 내 인생의 스
물아홉 가지 장면이겠네요. 여러분이 만약 내 인생의 스물아홉 가지 장
면을 뽑는다면 어떤 걸 고르시겠습니까.

보통 이런 책들은 사연을 쭉 적고 마지막에 사진 한 장을 붙이죠. 아
이런 글을 저 사진을 가지고 썼구나 하는 느낌이 듭니다. 그런데 『존 버

거의 글로 쓴 사진』에는 사진이 거의 없습니다. '거의'라는 단서를 단 것은 「자두나무 곁의 두 사람」이라는 첫 이야기와 관련하여 딱 한 장의 흐릿한 사진이 제시되어 있기 때문입니다. 그 외엔 사진이 전혀 붙어 있지 않습니다. 혹시 존 버거의 의도는 이런 것이 아니었을까요. 사진에 대한 설명은 작가인 나 존 버거가 자세히 할 테니 그것과 관련된 사진은 각자 알아서들 상상하라! 처음부터 사진들은 없었을 수도 있다는 거죠. 저는 이 책을 읽는 재미가 그 없는 사진들을 상상하는 데 있다고 봅니다. 이야기의 제목과 글로 채운 내용을 가지고 이미지를 상상하는 것이죠. 상상력을 키우는 데 많이 도움이 될 것 같습니다. 스물아홉 개의 이야기 중에서 제 마음을 끈 서너 가지 정도를 함께 뒤적일까 합니다.

「자두나무 곁의 두 사람」 이게 첫 번째 이야기입니다.

아주 짧아요. 12쪽부터 15쪽까지 고작 네 바닥이지요. 이야기를 소개하자면 이렇습니다. 존 버거는 1920년생이니까 나이가 아주 많습니다. 영국에 살다가 프랑스 산골짜기로 거주지를 옮겼죠. 어느 날 마드리드에 사는 여자가 차를 몰고 놀러 옵니다. 이 여자는 마드리드에서 한 번 만났었지요. 존 버거에 의하면 겨우 오 분간 만났대요. 그 여자는 '나는 교회에서 벽화를 복원한다'고 자기 소개를 했습니다. 벽에 물을 바르면 석고가 지워지면서 그 밑에 숨어 있던 그림이 나타난다는 거예요. 그러면 재빨리 사진을 찍는다는군요. 석고가 마르면 다시 벽이 하얗게 바뀌니까요. 그게 자기 직업이라는 겁니다. 특이하죠?

존 버거의 집을 방문해선 별다른 일이 없습니다. 둘이서 이야기 좀 하다가 저녁을 함께 먹었고 그미는 존 버거의 집에서 하루를 잡니다. 마드리드에서 왔으니 그 늦은 밤에 집으로 돌아갈 수도 없었겠지요.

다음 날 아침에 이 벽화복원가가 갑자기 사진을 찍자고 합니다. 그런데 그미가 가지고 다니는 카메라가 특이합니다. 최초로 만들어진 카메라, 원형의 카메라를 닮은 것이죠.

그건 은색으로 된 것이어서 진작 내 눈에 띄었던 상자였다. 수리공들이 가지고 다니는 도구함 크기였다. 검은 테이프를 발라 틈을 막아놓았다. 뭘 넣어두고 있을까는 생각지도 않았었다. 아마 그림물감. 아니면 사과. 그도 아니라면 샌들이나 선텐 로션.   15쪽

이 오래된 카메라로 오래된 방식으로 사진을 찍자는 것이지요. 오래된 방식이 무엇이냐 하면, 카메라 앞에서 꼼짝하지 않고 이 분에서 삼 분 정도 서 있는 겁니다. 움직이면 안 되지요. 그래서 서로 잘 알지 못하는 늙은 여자와 늙은 남자가 카메라 앞에 딱 서 있는 겁니다.

우리 둘은 카메라를 마주하고 거기 서 있었다. 물론 우린 조금씩 움직일 수밖에 없었다. 그러나 바람에 흔들리는 자두나무보다야 덜했다. 이삼 분은 그렇게 흘러갔다. 우리가 거기 서 있는 동안 우리는 빛을 되비쳤고, 우리가 되비춘 빛은 저 검은 구멍을 통해 어두운 상자 안으로 들어갔다.   15쪽

그것이 바로 이 책에 유일하게 실린 사진입니다. 존 버거는 마리사 카미노라는 그미의 이름을 「풀밭 위의 그림」이란 곳에서 비로소 밝힙니다.

존 버거의 글로 쓴 사진

여러 달이 지난 후 마리사 카미노는 자두나무 아래서 찍은 사진을
보내왔다. 거기 우리의 흔적이 남아 있었지만, 곁에 선 나무가 남긴
흔적보다 더 흐릿했고 모호했다. 모르는 사람들이 보면 우리가 떠나
려는 것인지 돌아오는 것인지, 나타나는지 사라지는지, 또 산 사람인
지 죽은 혼인지조차 알기 힘들었다.   70쪽

두 번째 제가 고른 이야기는 「잔에 담긴 꽃 한 묶음」입니다.

유리잔에 꽃 한 묶음 담긴 사진을 우선 상상할 수 있습니다. 존 버거
에겐 마르셀이란 친구가 있었습니다. 소를 치는 사람이지요. 마르셀은
아주 가난한 삶을 힘겹게 살았는데 인생의 삼분의 일 정도는 행복했다
고 해요. 왜 삼분의 일이냐 하면 일 년 중 넉 달은 소를 데리고 산에 머
물렀으니까요. 소와 함께 알파주라는 알프스 지방 산간 목초지에서 지낸
겁니다.

그런데 마르셀이 죽습니다. 그후 존 버거가 그 산으로 갔던 겁니다.
예전에는 두 사람이 나란히 앉아 이야기도 나누고 술도 먹고 놀았겠죠.
그런데 마르셀이 죽은 후에 가니 우선 소가 없는 겁니다. 소 치는 사람
이 없으니 소가 없는 게 당연하죠. 소떼도 없고 마르셀도 없는데, 마르
셀이 넉 달 동안 묵던 오두막은 덩그러니 그대로 있습니다. 존 버거는
그 오두막으로 들어갑니다.

지난 6월 마르셀의 산으로 다시 가 보았다. 풀 뜯는 소도, 종소리
도, 개도 없었다. 이름 없는 들꽃들만 무성했다. 무심히 꽃을 꺾기 시
작했다. 이런 고도에서는 같은 꽃이라도 들판에서보다 훨씬 선명한

거기 우리의 흔적이
남아 있었지만,
곁에 선 나무가 남긴 흔적보다
더 흐릿했고 모호했다

모르는 사람들이 보면
우리가 떠나려는 것인지
돌아오는 것인지, 나타나는지
사라지는지, 또 산 사람인지
죽은 혼인지조차 알기 힘들었다

색깔로 핀다. 근처 봉우리들엔 갈가마귀들이 날고 있었다. 서쪽 하늘에 패러글라이더가 스무 개 정도 떠 있었다. 상승기류를 타고서, 뛰어내린 산모퉁이보다 더욱 높이 올라간다. 이즈음 그 자리는 그들 사이에서 가장 인기 있는 곳으로 통한다.

마르셀의 빈 오두막 문을 밀었다. 기차의 칸막이 방만 한 방이 둘 있다. 나는 속으로 번져가는 감정을 누르며, 유리잔에 물을 채우고, 한 묶음 손에 들고 간 꽃을 꽂아 테이블 위에 놓았다. 하루가 저물 때면 나는 거기 앉아 커피를, 마르셀은 우유를 마시곤 했었다. 그가 가버리고 없는 지금, 그 의자에 다시 앉고 싶은 마음이 들지 않았다. 소떼들의 종소리 뒤로 고함치며 욕지거리하며 다가오는 마르셀의 목소리가 저 정적 속에서 들려올 때까지, 나는 거기 가만히, 가만히, 서 있었다.

83-94쪽

마르셀이 죽었습니다. 그 친구랑 자주 어울리던 유월에 오두막에 가서 꽃을 꽂습니다. 그러나 자기가 차지하던 의자엔 앉지 못합니다. 거기 그냥 서서 환청을 듣는 겁니다. 멀리서 마르셀이 '이놈의 소들아!' 욕하고 개들은 옆에서 짖어대는, 그런 시끄러운 소리가 들려올 때까지 거기 서 있는 풍광이 「잔에 담긴 꽃 한 묶음」입니다.

이제 짐작하셨겠죠? 존 버거가 고른 스물아홉 개의 장면을 접할 때마다 숨이 막혀옵니다. 고수들은 길게 말을 하지 않죠. 한두 개의 장면으로 인생의 파노라마를 압축하여 보여줍니다.

세 번째 제가 고른 이야기는 「전구를 그린 그림」이에요.

로스티아는 프라하에서 파리로 망명한 화가입니다. 1980년대 초 가난한 로스티아는 밤에 생 미셸 대로에서 크레이프 과자를 팔았습니다. 존 버거가 로스티아와 인사를 튼 곳도 거기지요. 존 버거는 1980년대 초에 로스티아의 그림을 감상했습니다. 그때의 소감은 이렇습니다.

그의 그림들은 쓰레기를 생각나게 했고, 다소 전복적이었으며, 다루기 어렵다는 점에서 기억에 남았다. 쓰레기 같다는 것은, 험하게 그려졌고 아무거나 손에 잡히는 대로 그렸다는 점에서 그랬다. 또한 그림을 오래 들여다보고 있으면 그 추상적으로 흩뿌려진 물감 속으로 이빨을 드러낸 새끼 염소나 개가 갑자기 드러나기도 하는 것에서 전복적이었다. 다루기 어렵다는 것은 어떤 양식에도 맞지 않았기 때문이다. 잃어버리지 않도록 붉게 칠한 망치 자루처럼, 그림들은 그 자체로만 존재하는 것들이었다.   102쪽

그리고 시간이 꽤 많이 흘러갑니다. 파리시에서는 이 망명화가 부부를 위해 작은 스튜디오를 내어주지요. 로스티아는 아내인 로렌스, 딸인 안드레아와 함께 이 스튜디오로 이주를 합니다. 더 이상 거리에서 크레이프를 팔지 않고 시간제로 건축 사무실에서 도면을 그리면서 계속 화가의 길을 걷고 있는 겁니다. 존 버거는 그곳에서 그동안 로스티아가 그린 최근작들을 감상합니다. 그런데 그 그림이 한두 점이 아닙니다.

최근에 그린 그림을 봐달라고 했다. 스튜디오 바닥으로 내려가, 틀을 떼어낸 캔버스를 스테이플러로 벽에 하나씩 하나씩 붙였다. 커다

존 버거의 글로 쓴 사진

란 그림 하나는 로렌스도 거들었다. 위에서 내려다보니, 민첩하게 균형 잡힌 그녀의 작은 모습이 서커스에서 곰과 함께 요술 자전거를 타는 사람처럼 보인다. 103쪽

이 이야기의 제목이 「전구를 그린 그림」이었죠? 로스티아는 전구 밑에 빛이 나면 그 밑에 풍경들을 그려왔던 겁니다. 항상 전구가 있고 그밑에 파리 센느 강을 그릴 수도 있고, 에펠탑 밑에 모여 있는 흑인들을 그릴 수도 있습니다. 파리의 풍광들만 계속 바뀌는 겁니다. 벽과 바닥에 전구 밑 파리 풍경들이 가득했겠죠. 그 그림들을 보며 존 버거는 감동하지 않을 수 없습니다.

『잃어버린 시간을 찾아서』란 소설을 보면 마들렌 과자 맛 때문에 과거로 돌아가잖아요. 여기서는 냄새입니다. 가난하니까 물감을 사지 못하고 직접 만들어 쓰지요. 그 바람에 여러 가지 냄새들이 스튜디오에 배어 있습니다.

아마씨 기름의 냄새를 맡으니 그제야 좌절감이 잊혀진다. 다시 열두 살 때로 돌아가 있었다. 처음으로 유화 물감 한 상자와 연습장 크기만 한 팔레트를 가지게 되었던 때였다. 물감이 담긴 튜브들은 먼나라에서 온 꿈같은 이름을 달고 있었다. 인디언 레드, 나폴리 옐로, 짙은 엄버, 원색 시에나, 그리고 눈보라에 날리는 눈송이를 연상시키던, 그 신비한 이름의 플레이크 화이트.

그 기름(창유리 접합제를 섞을 때 쓰이기도 하는) 냄새는 나를 반세기 전의 약속으로 되돌아가게 했다. 그리고 또 그릴 것, 한평생 매일

그릴 것, 죽을 때까지 다른 것은 말고 그림만 생각할 것이라던. 105쪽

존 버거에게도 매일 그림만 그리다가 죽겠다고 결심하던 시절이 있었던 겁니다. 그런데 자기는 그렇게 못하고 늙어버렸는데, 프라하에서 온 화가 로스티아는 그렇게 하고 있는 겁니다. 그 열망의 증거인 그림들을 보면서 '아 로스티아는 진짜로구나. 난 그동안 뭘 했을까?' 자괴감에 빠져듭니다. 열망 앞의 부끄러움과 후회 이것도 또한 인생의 한 부분일 겁니다.

존 버거의 글로 쓴 사진

『
우주
만화
』

오늘은
이탈로 칼비노의 소설『우주만화』
입니다.

만화책은 아닙니다. 칼비노는 마르코 폴로와 쿠빌라이 칸의 대화를 통해 지옥 같은 이 세상에서 살아가는 법을 논한『보이지 않는 도시들』이라는 뛰어난 소설을 쓴 작가입니다. 보르헤스와 쌍벽을 이룬다고 해도 과장은 아닙니다. 과학적 사실에 근거하되 그 위에서 자유롭게 몽상하는 글쓰기라고나 할까요.

이 소설집의 화자가 발음하기도 힘든 '크프으프크'라는 걸 우선 아셔야 합니다. 그는 우주의 탄생부터 지금까지를 모두 알고 있는, 무생물과 생물을 오가며 변신하는, 입만 열면 그칠 줄을 모르는 이야기꾼입니다. 이런 존재를 화자로 정하는 것 자체가 참신하지요.

오늘은 「달과의 거리」라는 단편과 「공룡들」이라는 두 단편을 이야기 해볼까 한다.

조지 H 다윈 경에 따르면 옛날 옛적에는 달이 지구와 아주 가까 웠다고 한다. 달을 지구 곁에서 서서히 밀어낸 것은 조수였다. 달은 지구의 바닷물에 조수가 일게 했다. 그 사이 지구는 서서히 힘을 잃 었다. 7쪽

이야기의 첫 대목에 이렇게 객관적인 사실을 명시합니다. 그리고 칼 비노의 황당무계한 상상력이 펼쳐지지요. 달과의 거리가 가까웠다고 하 니, 그럼 옛날에는 달에 그냥 장대를 꽂아서 건너갈 수 있었겠구나, 하 는 식입니다. 배를 타고 바다에 나가서 사다리를 꽂아 올라가면 달에 도 착합니다. 달에서 지구로 내려올 때도 힘차게 발을 구르면 달에서 딱 떨 어져 지구에 닿지요. 참 쉽지요?

달에 가는 이유는 그곳에 맛있는 우유가 있기 때문입니다. 일명 달 우유지요. 식물성 동물성 광물성 영양분이 듬뿍 든 우유입니다. 그 우유 를 떠가지고 지구로 던지면 지구 바다 위에 둥둥 뜨게 되는데, 그걸 건 져 비싸게 팔면 돈벌이가 되지요. 설정이 참 독특하지요?

「달과의 거리」에는 네 명의 인물이 나옵니다.

달 우유를 가장 잘 따는 귀머거리 나의 사촌, 그 사촌을 배에 싣고 가 서 장대를 꽂는 선장 브흐드 브흐드, 선장의 아내, 그리고 화자인 나입 니다. 선장과 아내는 권태기에 빠진 부부죠. 나는 선장의 아내를 사랑하

우주만화

는데 아내는 내 사촌을 사랑해요. 재밌는 사실은 내 사촌은 달을 사랑한
다는 겁니다.

사촌이 달에 갈 때마다 선장의 아내도 가고 싶어합니다. 사랑하니까
같은 공간에 둘만 머물고 싶은 거죠. 그런데 주변에서 말려 기회를 갖지
못했습니다. 그런데 어느 날, 내 사촌이 또 달로 가니 선장의 아내가 선
장에게 자기도 달에 가보고 싶다고 조릅니다. 선장은 반대하지 않고 가
고 싶으면 가라고 하지요. 선장은 왜 아내를 보냈을까요. 아내가 지구에
없는 동안엔 잔소리를 듣지 않고 마음대로 나쁜 버릇을 즐길 수 있기 때
문입니다.

사촌은 달을 돌아다니면서 달 우유를 뜬다고 바쁘지요. 선장의 아내
는 그런 사촌을 찾아서 달을 헤매다닙니다. 그런데 갑자기 달과 지구 거
리가 멀어지기 시작한 겁니다. 빨리 지구로 돌아와야만 했지요. 사촌은
원래 달에서 뛰어내리기 일인자니까 우유를 챙겨서 냉큼 뛰어내렸습니
다. 그러나 선장의 아내는 못 뛰어내리고 주저하지요. 그때 선장의 아내
를 사랑하는 내가 달로 건너갑니다. 달에는 이제 나와 선장의 아내만 머
무르지요. 선장의 아내를 사랑하는 나는 너무나 기쁩니다. 그러나 선장
의 아내는 달에 사촌이 없으니 실망이 컸겠지요. 달은 지구로부터 점점
멀어지고 있었기에 지금 뛰어내리지 않으면 영원히 달에서 살 수밖에
없는 상황이 되었습니다. 나는 선장의 아내와 지구로 돌아가고 싶었지
만 그미는 달에 남겠다고 고집을 부립니다. 그 이유가 무엇일까요.

내 사촌의 사랑은 달을 향해 있었을 뿐이라는 것을 그녀가 곧 알
았기 때문이오. 그러니 이제 그녀가 원하는 것은 달이 되는 것, 초인

간적인 그 사랑의 대상과 비슷해지는 것뿐이었다오.   23쪽

사촌은 달을 사랑하기 때문에, 달을 바라보면서 항상 나를 사랑할 거다. 달이 된 나를! 그래서 나는 지구로 돌아오고 그미는 달에 남습니다. 참으로 가슴 아픈 사랑이야기 아닙니까. 지구로부터 달이 가까이 있다가 점점 멀어졌다는 사실을 가지고 이 정도 상상력을 발휘하니 참으로 대단한 것이죠.

「공룡들」이라는 이야기로 넘어가보겠습니다. 여기도 첫머리에 객관적 사실이 제시됩니다.

트라이아스기와 쥐라기 내내 진화하고 성장했으며 1억 5천만년 동안 대륙의 지배자였던 무적의 공룡들이 갑자기 멸종한 이유는 확실하지 않다. 백악기에 일어난 급격한 기후 변화와 식물계의 변화에 적응을 못했기 때문일 수도 있다. 백악기 말에 공룡들은 전멸했다.

121쪽

크프으프크가 말합니다. 나도 일정한 기간 동안 공룡이었다고. 그리고 공룡들이 죽어가는 걸 다 봤다고 말입니다. 자기만 살아남았다는 셈이죠. 자기가 살아남을 수 있는 유일한 방법은 불덩이가 떨어질 때 열심히 뛰었다는 겁니다. 몇 백 년 동안 뛰다보니까 자기는 살아남고 나머지 공룡들은 다 멸종했는데, 한참 뛰다보니까 사람을 만났답니다. 맨 처음엔 접근하기가 두려웠다고 합니다. 사람들이 힘을 합쳐 공룡인 자기를

달은 지구의 바닷물에
조수가 일게 했다
그 사이 지구는 서서히 힘을 잃었다

죽이지 않을까 걱정했겠지요. 조심조심 우물가로 다가가서 한 여자를 만납니다. 그녀의 이름은 '양치류꽃'이지요. 그 사이 시간이 너무 많이 지났기 때문에, 그미는 공룡을 보고도 공룡인 줄 모릅니다. 그미가 물을 건네며, 이 샘이 공룡샘이 된 사연을 들려주지요.

"오래전부터 '공룡샘'이라고 불렀지요. 예전에 여기 공룡이 한 마리 숨어 있었대요. 마지막 남은 공룡 중 하나였는데 물을 마시러 오는 사람들을 공격해서 갈기갈기 찢어 죽였대요, 세상에나!" 124쪽

공룡인 나는 깜짝 놀랐겠지요.

사람들은 밤마다 모여 공룡 이야기를 합니다. 그 이야기는 크게 두 가지 정도로 모이지요. 하나는 양치류꽃이 공룡샘에서 들려준 이야기처럼, 공룡과 관련된 무시무시한 이야기들입니다.

이야기를 듣는 자들은 하얗게 질려 이따금 놀라 비명을 지르기도 하면서 말하는 이의 입만 쳐다보았지요. 말하는 이의 목소리에는 적잖은 감정이 드러났다오. 나는 모두가 그런 이야기들을 알면서도(이야기 목록이 아주 방대하긴 했지만) 들을 때마다 새삼 놀라워한다는 것을 곧 분명히 알게 되었소. 공룡들은 수많은 괴물처럼, 실제와는 전혀 다른 모습으로 세세히 묘사되었고, 새 주민들에게 해를 입히는 것만이 목적인 존재로 그려졌다오. 마치 새 주민들이 처음부터 지구상에서 가장 중요한 주민이었고 우리 공룡들은 아침부터 밤까지 그들 뒤만 쫓아다닌 것처럼 말이오. 내게 우리 공룡들을 생각한다는 것

은 길고 길었던 불운, 고통, 죽음을 되새기는 것이었소. 우리에 관한 새 주민들의 이야기는 내 경험과는 너무 동떨어진 것이어서, 마치 이 방인이나 낯선 이들에 대한 이야기인 양 나는 관심을 두지 않게 되었다오. 125-126쪽

또 하나는 무작정 공룡을 칭찬하는 이야기입니다. 유행이 바뀌듯 공룡에 대한 이야기도 두려움에서 칭찬으로 바뀌는 것이지요. 그러나 공룡인 나는 이렇듯 무조건적인 상찬을 견디지 못합니다.

공룡들은 여러 가지 일에서 모범을 보였고 이런저런 상황에서(예를 들면 개인적인 생활에서) 공룡의 태도는 비웃을 게 전혀 없다는 등등의 말을 하기도 했소. 간단히 말해 아무도 정확히 알지 못하는 공룡들에 대해 사후 찬양을 하다시피 한 거라오.

한번은 듣다 못한 내가 이렇게 소리를 지르고 말았다오.

"과장하지 말자고. 대체 공룡을 뭐라고 생각하는 거야?"

"조용히 해. 공룡을 본 적도 없는 네가 뭘 안다고?" 그들은 반박했소.

어쩌면 사실대로 말할 수 있는 적당한 순간이었는지도 모르지요.

"내 눈으로 봤으니까!" 내가 소리쳤소. "너희가 원한다면 어떻게 생겼는지 설명해줄 수도 있어!"

그들은 내 말을 믿지 않았소. 내가 자기들을 놀린다고 생각했지요.

131쪽

두려움이든 칭찬이든 인간들은 공룡의 실체로부터 한참 멀어져 있습니다. 공룡에 대한 특징들이 부분부분 전해지며 인간들의 편의에 따라 사용되는 식이죠. 가령 운동경기에서 선수를 칭찬해줄 때 "힘내라, 공룡!"(130쪽)이라고 합니다. 공룡인 나는 이 말을 듣고 정체가 탄로난 줄 알고 깜짝 놀라지요. 그러나 이때 공룡은 하나의 비유입니다.

'공룡'이라는 건 그들이 시합에서 경쟁자들을 격려할 때 쓰는 말이라는 것을 알게 되었지요. '네가 제일 세다, 힘내!'라는 뜻이라오.

130쪽

공룡샘에서 나를 따뜻하게 대해준 양치류꽃은 밤마다 공룡 꿈을 꿉니다. 이 꿈은 양치류꽃과 나의 관계를 나타내는 것이기도 하지요. 먼저 그미가 꾼 꿈은 이겁니다.

"들어봐, 지난밤에 공룡이 우리 집 앞을 지나가는 꿈을 꿨어." '양치류꽃'이 내게 말했소. "위풍당당한 공룡이었어. 공룡들의 왕자나 왕이었을 거야. 나는 예쁘게 단장을 했어. 머리에 리본을 매고 창가에 서 있었지. 공룡의 관심을 끌어보려고 공룡에게 인사를 했어. 하지만 공룡은 내가 있다는 것조차 알아채지 못했어. 내게 눈길도 주지 않았지…….'

132쪽

공룡의 마음에 들고 싶은 것이죠. 짝사랑의 심정이라고나 할까요. 그런데 갑자기 공룡들이 마을로 쳐들어온다는 소식이 들립니다. 마을 사람들은 힘 센 나를 방어군의 지휘자로 뽑지요. 공룡인 나는 고민에 빠지죠. 인간들의 마을을 지키려면 동족인 공룡들과 싸워야 하는 겁니다. 그래서 공룡인 나는 밤에 몰래 마을을 떠납니다. 그런데 들판에서 마을로 달려오는 짐승들을 보니, 공룡이 아니라 초기의 코뿔소 떼였던 것이죠. 공룡인 나는 다시 돌아가서 사람들에게 공룡들이 아니라 코뿔소 떼라고 알려줍니다. 마을 사람들은 공룡인 내가 밤에 몰래 달아났다가 돌아온 것을 알고 크게 실망하지요. '양치류꽃'의 꿈도 바뀝니다.

> "시푸르둥둥한 우스꽝스러운 공룡이 있었어. 모두들 그 공룡을 놀리고 꼬리를 잡아당겼지. 그래서 내가 나서서 보호해주고 데려다가 쓰다듬어주었어. 그리고 공룡이 그렇게 우스꽝스럽게 생기긴 했지만 세상의 어떤 생물보다 슬픈 존재라는 것을 알게 되었어. 노란색과 붉은색으로 번득이는 눈에서 눈물이 강물처럼 흘렀거든." 136쪽

공룡과 관련된 비유도 바뀝니다. 이제 "꺼져, 꺼져, 공룡아!" 하고 부르면 그것은 "꼬리를 내려 잘난 체하지 말라고."(137쪽) 하는 뜻이 되지요. 그리고 공룡의 뼈가 발견되지요. 사람들은 모두 몰려가서 공룡들의 잔해를 구경하느라 바쁩니다. 공룡인 나는 고통스럽습니다. 그리고 그 흉측한 몰골들이 원래 공룡의 위풍당당함과는 거리가 멀다고 생각하지요.

> 나는 나와 똑같은 그 유해를, 아버지를, 형제를 나 자신을 계속 바라보았소. 살점이 다 떨어져 나간 내 사지, 바위에 새겨진 내 윤곽, 우리의 모습이었으나 이제 더는 우리의 것이 아닌 모든 것, 우리의 당

당함, 우리의 잘못, 우리의 파멸을 알아볼 수 있었다오.   139쪽

그래서 밤에 몰래 공룡 뼈들을 모아서 땅에 묻습니다.
공룡인 나와 양치류꽃의 사랑은 이뤄지지 않습니다. 공룡은 자신의
모습을 충분히 그미에게 보여주지만, 양치류꽃은 점점 공룡인 내가 누
군지 모르게 되지요. 결국 공룡은 공룡인 자기 자신과 또 그들이 지배하
던 새디에 대한 진실을 침묵 속에 가라앉히기로 결심합니다. 그때 양치
류꽃이 마지막으로 꿈을 꿉니다.

"꿈을 꿨는데 동굴 안에 아무도 그 이름을 기억하지 못하는 종족
의 마지막 생존자가 있었어. 내가 그에게 뭔가를 물어보려 갔지. 동
굴 속은 깜깜했어. 그가 거기 있다는 건 알았지만 보이지가 않았어.
나는 그가 어떤 이이고 어떻게 생겼는지 잘 알지만 그 말을 할 수 없
었어. 내 질문에 그가 대답하는 건지, 그가 물어보는 말에 내가 대답
하는 건지도 알 수가 없었어······."   142쪽

공룡인 나는 양치류꽃이 아닌 떠돌이 일행에 속한 혼혈 아가씨와 사
랑을 나눕니다. 그리고 그 마을을 떠나지요. 시간이 지난 뒤 공룡인 나
는 우연히 떠돌이 일행을 다시 만납니다. 그리고 혼혈 아가씨가 낳은 아
들과도 대면하지요. 공룡인 나는 그 아들이 곧 자기 핏줄임을 알아차립
니다. 그리고 대화를 나누지요.

꼬마는 호기심 어린 눈으로 나를 보며 물었다오.

우주만화

"누구세요?"

"아무도 아니다." 내가 말했지요. "그런데 넌 네가 누군지 아니?"

"그럼요! 모두 알아요. 나는 새 주민이에요!"

내가 기대했던 말은 바로 그 말이었소. 나는 꼬마의 머리를 쓰다듬으며 말했소.

"똑똑하구나."

그리고 나는 떠났다오.

계곡과 평야를 지났소. 나는 어느 역에 도착해 기차를 타고 군중 속으로 섞여 들어갔다오.   144쪽

공룡인 내가 그 아이에게 너는 누구냐고 물었을 때, 만약 그 아이가 나는 공룡이에요, 하고 답했다면 나는 크게 그 아이를 야단쳤을 겁니다. 그런데 그 아이가 그냥 새 주민이라고 답하니, 공룡인 나는 안도하죠. 이 아이가 인간들과 섞여 살아갈 수 있겠구나, 라고 여긴 겁니다. 그래서 지금도 공룡의 후손이 인간들 틈에 섞여 살고 있는 겁니다. 어쩌면 바로 당신이 공룡일지도 모릅니다.

『이것이 인간인가』

오늘은
프리모 레비라는 이탈리아 작가의 『이것이 인간인가』
입니다.

　'아우슈비츠 생존 작가 프리모 레비의 기록'이란 부제가 달려 있습니다. 흔히 이런 글들을 증언문학으로 묶지요. 특별한 체험을 적은 논픽션이죠. 우리나라에서도 가령 유동우가 쓴 『어느 돌멩이의 외침』이 있습니다. 이 책은 1970년대 인천 지역 노동자들의 삶과 투쟁을 아주 세세히 담아놓았지요. 1980년 광주민주화운동을 다룬 『죽음을 넘어, 시대의 어둠을 넘어』도 대표적인 증언문학입니다.

　유태인인 프리모 레비는 이탈리아에서 반 히틀러운동, 반 나치운동을 전개하다가 체포되어 아우슈비츠로 이송됩니다. 프리모 레비는 원래 화학자입니다. 그래서인지 문장이 매우 단단하고 차갑습니다. 소설에서

라면 감정을 튕겨 올릴 부분도 담담하게 이어가지요. 더욱 숨이 턱턱 막히는 것이 아닐까 싶기도 합니다.

저는 이 책을 자주 읽습니다. 인생을 살아가다가 힘들고 고통스러울 때가 있잖아요. 절망에 빠져든다는 느낌이 들면 꼭 집는 몇 권의 책이 있습니다. 이 책도 그중 하나지요.

『안네의 일기』는 독일군에게 잡혀가기 전의 기록입니다. 폐쇄된 공간이지만 그 안에는 가족도 같이 머무르고 뭔가 생활이 있습니다.『이것이 인간인가』는『안네의 일기』가 끝나는 지점에서부터 이야기가 시작한다고 보셔도 되겠습니다. 기차를 타고 나서 아우슈비츠에 내리는 순간부터 본격적인 이야기가 펼쳐지니까요. 첫 장면부터 끔찍하고 영원한 이별이 전개되고 있습니다.

10분도 안 돼서 튼튼한 남자들이 한데 모이게 되었다. 다른 남자들, 여자들, 아이들, 노인들에게 어떤 일이 일어났는지 우리는 당시에도 그후에도 정확히 알 수가 없었다. 밤은 아주 깔끔하고 간단하게 그들을 삼켜버렸다. 그러나 지금 우리가 알고 있는 것도 있다. 그 신속하고 간략한 선택의 과정 속에서 우리 각자가 제3제국에 유용한 일꾼인지 아닌지 판단되고 있었던 것이다. 또 그렇게 해서 남자 96명과 여자 29명이 모노비츠와 비르켄나우 수용소로 이송되었다. 다른 사람들, 즉 500명이 훨씬 넘는 사람들 중 이틀 후까지 살아남은 사람은 단 한 명도 없었다. 이 밖에도 우리가 알고 있는 것들이 또 있다. 이렇듯 건장한 사람과 그렇지 않은 사람을 구별하는 보잘것없는 원칙마저도 늘 준수된 것은 아니고, 나중에는 새로 도착하는 사람들에게 미리 알리지 않은 채 객차의 문을 둘 다 여는 더 간편한 방법을 사용하기도 했다는 것이다. 우연히 객차의 이쪽 문으로 내린 사람은 수용소로 들어갔고 다른 쪽 문으로 내린 사람은 가스실로 향했다. 23쪽

상상만 해도 기가 막힌 상황입니다. 처음에는 사람들을 세워놓고 건강한 사람과 건강하지 않은 사람을 골랐다는 겁니다. 그래서 건강한 사람은 노동을 하는 수용소로 옮기고 건강하지 않은 사람은 곧바로 가스실로 옮겨 죽였지요. 그런데 자꾸 기차가 오니까 독일병사들도 귀찮았던가 봅니다. 자기들끼리 맘대로 규칙을 정합니다. 그래서 이쪽 문으로 내린 사람은 다 수용소로 보내 일을 시키고, 반대쪽 문으로 내린 사람은 모두 가스실로 보내 죽였다는 겁니다. 사람 목숨을 두고 장난을 친 독일 병사의 만행을 담담하게 적어놓았지요.

프리모 레비는 등산을 좋아하고 비교적 몸이 튼튼하여 노동하는 수용소로 가도록 분류된 겁니다. 수용소에 도착하자마자 소지품을 빼앗깁니다. 그리고 손목시계를 찼던 자리에 일련번호를 문신으로 박게 됩니다.

나는 내가 해프틀링(포로)이라는 것을 알게 되었다. 내 이름은 174517이었다. 우리는 새로운 이름을 받았고 죽을 때까지 왼쪽 팔뚝에 문신을 지니고 살게 될 터였다.   35쪽

영화 〈레미제라블〉도 이름 대신 수인번호로 죄수들을 부릅니다. 174517이란 숫자에는 하나하나 의미가 있지요. 174517이라고 동료 죄수들에게 밝히면, 당신은 이탈리아에서 며칠 전에 왔는지가 파악되는

이것이 인간인가

의식이 어둠을
뚫고 나오는 순간
사나운 개처럼 내게 달려드는,
내가 인간임을
느끼게 하는 잔인하게
오랜 고통이다

겁니다. 그래서 어떤 번호를 듣는 순간, 이 죄수는 수용소에서 육 개월이나 견뎠구나 혹은 이 죄수는 신참이구나를 알 수 있습니다. 손목시계 대신 숫자를 새긴 문신을 손목에 두고 사는 존재가 곧 아우슈비츠 수용소의 죄수인 겁니다.

죄수들이 처음엔 같은 나라에서 온 사람들이나 같은 종족들끼리 모입니다. 프리모 레비는 이탈리아에 살던 유태인이니까 이탈리아 사람들끼리 매주 한 번씩 일요일 날 약속된 장소에 모여 이탈리아어로 대화라도 나누기로 약속을 합니다. 하지만 곧 그만두지요. 모임에 참석하는 죄수들의 숫자가 차츰 줄어드는 것이 너무 슬펐기 때문입니다. 거기서 조금이라도 다치거나 아픈 사람은 곧 사라져 가스실로 가니까요. 지난주에 삼십 명이 모였는데 이번 주에 열다섯 명밖에 없으면, 그 사이 열다섯 명이 죽은 겁니다. 이렇게 줄어드는 숫자를 확인하는 것이 고통인 것이지요. 그런데 더 고통스러운 건 따로 있습니다.

다시 만나게 되면 필연적으로 기억을 떠올리고 생각을 하게 되었는데, 그렇게 하지 않는 편이 더 나았다.　　　　　　　　51쪽

만나면 지금의 불행을 잠시라도 잊기 위해 행복했던 과거를 이야기하게 됩니다. 이탈리아에서 넌 어디에 살았느냐, 거기서 뭘 했느냐, 가족은 누구냐. 그런 기억을 떠올리다보면, 지금의 처참함을 더욱 견딜 수 없게 되지요. 그래서 모이자고 처음엔 서로 제안을 하다가도 어느 순간부터 이런 모임은 사라지고 맙니다.

수용소에 도착한 후엔 인간으로서 최소한의 품위를 지킬 것인가, 라

는 문제에 부딪치지요. 거창한 차원이 아니라 가령 몸을 씻어 청결을 유지할 것인가, 라는 질문을 스스로에게 던지게 됩니다. 물론 처음엔 어떻게든지 씻으려 하지요. 깨끗함을 유지하는 것은 자기가 인간임을 증명하는 하나의 방식이기도 합니다. 그런데 점점 죄수들은 청결에 신경을 쓰지 않게 됩니다. 도둑들이 들끓기 때문에 마음대로 옷을 벗어둘 수도 없습니다. 수용소 생활에 꼭 필요한 물품들을 옷 속에 모두 넣고 움켜쥔 채 매일 밤 잠들어야 하지요. 그리고 어제까지 곁에서 자던 죄수가 가스실로 끌려가 죽고 나면, 나도 언제 저리 될지 모르겠다는 생각이 듭니다. 곧 죽을지도 모르는데 세수는 해서 뭐하나, 발은 씻어서 뭐하나 이렇게 자포자기하게 됩니다. 그래서 점점 더러워지는 것이지요. 일을 하려면 잘 먹어야 하니까 식탐만 늘게 되죠. 이런 상황을 프리모 레비는 어찌 받아들였을까요.

프리모 레비는 일차세계대전 때 철십자훈장을 받은 슈타인라우프라는 죄수의 설명을 옮깁니다.

수용소는 우리를 동물로 격하시키는 거대한 장치이기 때문에, 바로 그렇기 때문에 우리는 동물이 되어서는 안 된다.   57쪽

동물이 되지 않기 위해 씻어야 한다는 겁니다. 독일인을 위해서가 아니라 우리 자신이 인간임을 스스로 되새기기 위해 우리 몸을 가꿔야 한다는 것이죠. 그러나 프리모 레비는 슈타인라우프처럼 명쾌하지 않았습니다. 솔직하게 그는 자신의 심정을 밝히고 있지요.

이 복잡한 암흑 세계와 대면한 나의 생각들은 혼란스럽다. 정말 체계를 세워서 그것을 실천해야 할까? 아니면 체계가 없는 것에 적응하며 사는 것이 더 나을까?   58쪽

인간으로 살 것인가 숫자로 살 것인가. 이런 갈등 속에서 '이것이 인간인가'라는 제목을 다시 살펴보지요. 수용소에는 참으로 여러 종류의 인간들이 있습니다. 극한 상황에서 나쁜 놈은 더 나빠지고 비겁한 놈은 더 비겁해지고 겁쟁이는 더 겁을 먹는다고 하지 않습니까. 아우슈비츠 수용소에는 가장 추한 인간부터 가장 아름다운 인간까지 전부 있지요. 그래서 프리모 레비는 평생 잊지 못할 인간들과 그 인간들이 저지르는 사건들을 직접 보고 듣고 경험합니다.

치글러와 쿤이라는 죄수 이야기가 눈길을 끕니다. 처음에는 다치거나 아픈 죄수만 가스실로 보냈는데, 워낙 죄수들이 많이 이송되다 보니까 건강한 죄수 중에서도 일부를 가스실로 보내기로 결정됩니다. SS 대원이 각 죄수의 서류를 받아 왼쪽과 오른쪽 둘 중 하나로 던집니다. 왼쪽이면 죽일 죄수고 오른쪽은 살릴 죄수인 겁니다. 처음 수용소 인근 역에 도착했을 때의 운명이 반복되는 셈이죠. 치글러의 서류는 왼쪽으로 던져집니다. 내일 아침 가스실로 가는 것이죠. 수용소에선 가스실로 가는 죄수의 마지막 저녁엔 죽을 두 그릇 줍니다. 배 불리 먹고 죽으러 가란 뜻이겠죠. 그런데 배급하는 죄수가 한 그릇만 줬고, 치글러는 이것 때문에 심하게 싸웁니다. 그리고 끝내 두 그릇을 받아내지요. 그렇게 치글러를 비롯한 내일 죽을 죄수들이 마지막 죽을 먹는데 쿤이라는 늙은 이는 자신의 서류가 오른쪽으로 던져진 것에 감사하는 기도를 올립니

이것이 인간인가

다. 내일 죽을 죄수 옆에서 어떻게 자신이 살아난 것에 감사하는 기도를 신에게 올릴 수 있단 말입니까. 그것이 과연 인간으로서 할 짓일까요. 프리모 레비는 이렇게 적었습니다.

내가 신이라면 쿤의 기도를 땅에 내동댕이쳤을 것이다.　　　199쪽

제아무리 신을 떠받드는 기도라고 해도, 쿤의 기도는 인간이 아닌 짐승의 말인 겁니다.

이 책에서 흥미로운 대목은 프리모 레비가 아우슈비츠에서 나온 뒤 글을 쓴 게 아니라, 수용소 안에서부터 글이라는 것을 쓰기 시작했다는 사실입니다. 프리모 레비는 화학 실험실에서 잠깐 근무할 기회를 얻습니다. 실외에서 침목을 나르고 돌을 부수고 땅을 파고 쇳덩이를 집는 육체노동이 아니라, 실내에서 노트와 연필을 들고 지내게 된 겁니다. 천국이 따로 없습니다. 다른 죄수들의 부러움을 살 만하지요. 그런데 그에겐 또다른 고통이 찾아듭니다. 바로 기억이라는 고통이지요. 그는 그 고통을 극복하기 위해 무엇을 하였는지 밝힙니다.

아침에 내가 사나운 바람을 피해 실험실의 문지방을 넘어서는 순간 바로 내 옆에 한 친구가 등장한다. 내가 휴식을 취하는 순간마다, 카페에서나 쉬는 일요일마다 나타나던 친구다. 바로 기억이라는 고통이다. 의식이 어둠을 뚫고 나오는 순간 사나운 개처럼 내게 달려드는, 내가 인간임을 느끼게 하는 잔인하게 오랜 고통이다. 그러면 나는 연필과 노트를 들고 아무에게도 말할 수 없는 것을 쓴다.　　　216쪽

실험실에서 잠시 쉴 때마다 옛 친구가 떠오릅니다. 그와 나눴던 대화들, 바라봤던 풍광들, 가졌던 희망들이 어둠을 뚫고 프리모 레비를 휘감습니다. 그러나 지금은 그 모든 것이 사라졌습니다. 다시는 그를 만나지 못할 가능성이 큽니다. 이 존재와 부재의 거리, 과거와 현재의 간극이 프리모 레비를 괴롭힙니다. 그때는 인간이었으나 지금은 인간만도 못한 삶을, 죽지 못해 이어가는 꼴입니다. 그러나 이렇게 인간 이하로 지낼 수는 없습니다. 그래서 프리모 레비는 수용소 안에 있는 그 누구에게도 말할 수 없는 것을 씁니다. 그것은 프리모 레비가 인간이라는 것, 그리고 현재 그를 비롯한 죄수들은 인간 이하의 삶을 강요당하고 있다는 것이겠지요. 그것이 바로 『이것이 인간인가』라는 책의 핵심 내용이기도 합니다.

아우슈비츠에서 살아남은 죄수 중에서 그 체험을 글로 남긴 이들이 적지 않습니다. 그러나 프리모 레비처럼 자신의 생애를 모두 바쳐 그것을 되풀이해서 쓰고 쓰고 또 쓴 작가는 드뭅니다. 안락한 고국 혹은 고향 혹은 가족으로 돌아온 후 기억을 더듬어 글을 쓰기 시작한 것이 아니라, 수용소 안에서부터 인간다움으로서의 글쓰기를 체험하였기 때문에 프리모 레비의 증언들이 더 생생하고 힘이 실리는 게 아닐까 하는 생각을 끝으로 조심스럽게 해봅니다. 프리모 레비는 밖에서 바라보는 자가 아니라 안에서 쓰는 자였던 것이지요.

『여기, 우리가 만나는 곳』

오늘은
존 버거의 소설집 『여기, 우리가 만나는 곳』
입니다.

　이 작품집의 특징은 죽은 사람을 만나는 겁니다. 이런 만남은 소설로만 가능한 일이죠. 인간으로 일생을 살아가는 동안 영향을 미친 사람들이 적지 않겠지요. 그런데 점점 나이를 먹다보면, 특히 존 버거처럼 여든 살 넘어까지 장수하다보면, 자기에게 영향을 줬던 이들 중 상당수가 이미 죽은 겁니다. 그 사람이 나한테 준 영향을 과거형으로 쓰는 것보다, 내가 이미 죽은 이 사람과 다시 만난다면 어떤 곳이 좋을까 생각해보는 겁니다. 그리고 그곳에서 그 사람들을 만나는 이야기를 아홉 개 만든 겁니다. 물론 소설 속 화자는 가상의 요소가 많겠지만, 제게는 그 일인칭 '나'가 모두 존 버거로 읽힙니다. 소설화된 존 버거 말입니다.

그런데 이윤을 내기 위한 일상이 너무 바쁜 요즈음에 망자의 이야기에 귀를 기울이는 것 자체가 남다른 의미를 갖습니다. 존 버거는 한국의 독자들에게 쓴 서문에 이 의미를 되새기고 있지요.

죽은 이들이 하는 이야기에 귀를 기울이는 것은 이제 정치적인 행위가 되었습니다. 전에는 그저 전통적이고 자연스럽고 인간다운 행위였죠. 그러던 것이, 이윤을 내지 못하는 것이면 전부 '퇴물' 취급을 하는 세계 경제질서에 저항하는 행위가 되었습니다. 세계 곳곳, 너무나 다른 여러 역사 속의 망자들로부터 도움을 받는다면, 우리가 함께 공유하는 것이 무엇인지를 깨달을 수 있습니다. 가냘픈 희망이지요.

제 마음을 가장 울린 작품은 「아일링턴」입니다. 아일링턴은 런던 근교의 자치구이지요. 어설픈 저의 추억부터 하나 들려드리겠습니다. 저는 초등학교 때 악대부를 했습니다. 진주에서 해마다 열리는 개천 예술제에 참가하여 대상을 받기도 했지요. 진주에서 경연을 한 후 돌아오는 버스 안은 굉장히 비좁았습니다. 서서 오다가 자리가 하나 났는데 운 좋게 제가 앉게 됐어요. 그때 저는 육학년이었습니다. 옆에 서 있던 오학년 여학생이 같이 앉아 가자며 제 무릎 위에 앉는 겁니다. 그 상태로 진주에서 마산까지 한 시간을 왔습니다. 고등학교 때까진 그 여학생의 이름과 얼굴을 분명히 알고 있었는데, 어느 순간부터 이름을 잊었습니다. 얼굴은 지금도 떠오르는데 말입니다. 그 한 시간 남짓이 제게는 무척 행복하고 아름다운 순간으로 남아 있습니다. 그 여학생의 머리카락 냄새, 악대부 다른 남학생들의 부러움에 찬 눈길도 떠오릅니다. 「아일링턴」이 바로 이런 이야기지요.

　존 버거의 친구 중에서 휴버트라는 사람이 있습니다. 둘은 1943년 도에 같이 런던 미술학교에 다녔어요. 열여덟 혹은 열아홉 살 즈음이죠. 그런데 학창시절 존 버거는 휴버트와 절친한 친구는 아니었습니다. 존 버거가 다 늙어서 휴버트를 찾아간 이유는 어떤 여학생의 이름을 알기 위함입니다. 이런 식이죠. "그 여학생 있잖아, 왜 나랑 이렇게 잘 지내던. 얼굴, 눈 동글동글하고, 머리 길고." 휴 버트가 되묻습니다. "누구? 다이 아나?" "아 다이아나 말고. 다이아나는 얼굴 넓적한." "아 수잔?" "수잔 말고, 수잔은 다른 애랑 사귀었고." 이런 식입니다. 팔십 살 넘은 할아버 지 둘이서 어린 시절 동급생인 여학생들 이름을 한 명씩 꺼내는 모습을 상상해보십시오. 둘의 대화는 여기에까지 이릅니다.

　내가 알고 싶은 건 이름뿐이야.
　어디 사는지 찾아가보려고?
　6월이면 월요일마다 시골에서 딸기를 가져다 온 반에 돌리곤 했 는데.
　죽었을지도 몰라. 그걸 잊으면 안 돼!
　이제 이런 걸 물어볼 사람도 얼마 없어. 그래서 자네를 찾아온 거 야.　　　　　　　　　　　　　　　　　　　　　　　　118쪽

　휴버트는 존 버거가 찾는 여학생이 죽었을지도 모른다고 지적합니 다. 많은 친구들이 이미 저 세상으로 떠났으니까요. 존 버거도 인정합니

다. 동급생들이 대부분 죽었기 때문에, 별로 친하지도 않았던 휴버트에 게까지 와서 그 여학생이 기억나느냐고 따져 묻는 것이죠.

존 버거에게 그 여학생은 무척 각별했습니다. 런던 미술학교 시절, 존 버거는 콜레트와 그 여학생까지 함께 자주 놀았습니다. 여학생 둘에 남 학생 하나의 조합이었죠. 같이 놀다가 밤이 늦어지자 콜레트는 자기 집 에서 자고 가라고 합니다. 그래서 콜레트가 창 쪽, 그 여학생이 가운데, 그리고 존 버거가 가장 안쪽에 누운 겁니다. 아침에 일어나서 보니까 콜 레트는 토스트를 구우면서 차를 따르고 있었고, 그 여학생과 존 버거는 끌어안고 있더라는 거죠. 섹스는 아니고요. 이성을 끌어안고 있다는 게 가슴 뛰는 일이기에, 둘은 툭하면 핑계를 대고 콜레트 집에 와서 계속 끌어안았다는 겁니다. 그리고 특별한 방식으로 서로의 육체를 만지기 시작했지요.

일단 함께 누우면 우리는 떠날 수 있었다. 우리는 뼈에서 뼈로, 대 륙에서 대륙으로 여행을 했다. 말을 할 때도 있었다. 하지만 완전한 문장은 아니었으며, 애무의 표현도 아니었다. 신체 부위와 장소의 이 름이었다. 티비아(경골)와 팀북투, 라비아(음순)와 라플란드, 귓구멍 과 오아시스. 부위의 명칭은 애칭이 되고, 장소의 이름은 암호가 됐 다. 꿈을 꾸는 건 아니었다. 단지 우리의 몸을 탐험하는 바스코 다 가 마가 된 것뿐이었다. 서로의 잠을 더없이 배려했고, 결코 서로를 잊 지 않았다. 깊은 잠에 빠져든 그녀의 숨은 파도 같았다. 너는 나를 저 바닥까지 데려갔어. 어느 날 아침에 그녀는 이렇게 말했다.

연인 사이가 되진 않았고, 친구라 하기엔 애매했다. 우리 사이엔 공통점이 거의 없었다. 나는 승마에 흥미가 없었고, 그녀는 자유언론에 관심이 없었다. 학교에서 마주쳐도 할 말이 없었다. 그렇다고 걱정을 하진 않았다. 가볍게 입을 맞추고 ─ 늘 어깨나 목 뒤였지, 입술에는 한번도 하지 않았다 ─ 각자 가던 길로 갔는데, 마치 같은 학교에서 근무하는 노부부 같았다. 그러다 밤이 되면, 그리고 다른 일이 없으면, 또 만나서 똑같은 짓을 했다. 밤새 서로를 안고 이렇게 어딘가 다른 곳으로 떠나는 그 짓을. 반복해서.   124-125쪽

그런데 이런 행복도 오래지 않아 끝납니다. 그때가 이차세계대전 시기지요. 바로 근처 옆 건물에서 폭탄이 떨어진 겁니다. 폭탄이 떨어진 그날 마지막으로 끌어안고, 헤어집니다. 그 여학생은 딴 곳으로 가버린 것이죠. 그리고 영영 못 만난 겁니다. 이렇듯 육체를 탐한 여학생의 이름이 기억나지 않는다는 게 사실 잘 이해가 되지 않지요. 어쨌든 졸업생 명부를 봐도 그 여학생은 없습니다. 졸업을 못한 것이지요.

거의 마지막 순간에, 휴버트가 존 버거를 현관까지 배웅하다가 여학생의 이름을 드디어 기억해냅니다. 그 여학생의 이름은 오드리였습니다. 존 버거는 휴버트의 집을 나와서 거리를 걷습니다. 그때 바로 그 오드리가 존 버거의 팔짱을 끼지요.

나는 집들이 늘어서 있는 길을 걸어갔다.
자면서 나를 여러 번 부르더라. 오드리가 내 팔짱을 끼며 말했다.
그리고 내가 제일 좋아했던 곳은 오슬로였어.
오슬로! 윗길로 접어들 때 나는 메아리처럼 되뇌었다. 내 어깨에

전부 진짜 인생을 다루지만,
접어뒀던 부분을
다시 찾아 읽어도
그건 나에게 일어났던
인생은 아니었지

머리를 기대고 있는 자세에서 그녀가 죽었음을 알 수 있었다.   130쪽

기껏 이름을 찾았는데 이미 오드리는 죽은 겁니다. 살아서는 재회하지 못하고, 죽은 뒤 이렇게 소설 속에서 둘은 만났군요. 그리고 이야기는 끝이 납니다. 그 둘의 다음 대화를 상상하는 것은 독자들의 몫이겠지요.

소설집의 첫 번째에 실린 「리스본」이란 작품도 매력적입니다.

여든 살을 넘긴 노인이 가장 만나고 싶어하는 사람은 누굴까요? 이미 오래 전에 돌아가신 부모님이 아닐까요?

이 작품에서 존 버거는 엄마를 리스본에서 만납니다. 존 버거가 묻죠. 왜 하필 리스본에서 나를 기다렸냐고. 어머니가 답합니다. 리스본에는 전차가 다니기 때문이라고. 그리고 존 버거가 어린 시절 전차 위층의 맨 앞자리에 앉고 싶어했다는 사실을 상기시킵니다. 모퉁이를 돌 때 불꽃이 날리던 것을 볼 수 있기 때문이에요. 존 버거는 아마도 그 불꽃을 보면서 삶의 순간적인 기쁨과 덧없음을 느꼈던 것 같습니다. 죽은 어머니는 죽어서도 아들이 가장 좋아하던 곳을 알고 배려한 것이지요. 소설집 제일 마지막 「8 2/1」을 보면 어머니와 아들의 대화가 다시 등장합니다. 그런데 그 대화가 무척 흥미롭습니다. 어머니는 아들의 책을 거의 읽지 않았는가봅니다. 아들이 단도직입적으로 따지지요.

왜 제 책을 하나도 안 읽으셨어요?

나는 또 다른 인생을 보여주는 책들을 좋아했어. 내가 읽은 책들은 다 그런 거야. 전부 진짜 인생을 다루지만, 접어뒀던 부분을 다시

찾아 읽어도 그건 나에게 일어났던 인생은 아니었지. 책을 읽을 때면 모든 시간감각을 상실했어. 여자들은 항상 다른 삶을 궁금해하는데, 대부분의 남자들은 지나치게 야심이 큰 나머지 이걸 이해 못해. 다른 삶, 전에 살았던 삶, 살 수도 있었던 삶, 그리고 난 너의 책이, 또 다른 삶을 사는 게 아니라 상상만 하고 싶은 삶, 말없이 나 혼자 상상해보고 싶은 그런 삶에 대한 것이길 바랐어. 그러니까 읽지 않는 편이 더 나았지. 서점의 유리문을 통해 너의 책들을 볼 수 있었단다. 내게는 그걸로 충분했어. 227쪽

아들이 쓴 책의 표지만 서점에서 보면서 그 내용을 상상하는 삶, 그게 좋았다는 것이죠. 책을 읽지 않은 이유 중에서 이보다 더 따뜻하고 멋진 대답이 있을까요. 아들은 늙어서도 계속 글을 통해 무엇을 찾아야 하는지 혼란스러워합니다. 그것이 작가의 운명이겠지요. 그런 아들에게 어머니는 충고를 아끼지 않습니다. 참으로 어머니다운 충고이지요.

네가 찾아낸 것만을 쓰렴.
제가 뭘 찾아낸 건지 저는 끝끝내 모를 거예요.
그래, 끝내 모를 거야. 다만 네가 거짓말을 하는지, 아니면 진실을 말하려고 노력하는지, 그것만큼은 알아야 해. 더 이상은 그걸 혼동하는 실수를 용납할 여지가 없으니까. 227쪽

그 어머니에 그 아들이죠? 거짓말을 하지 않고, 진실을 말하려고 끝까지 노력하는 것으로 충분하단 것입니다. 물론 그 노력이 쉽진 않겠지

여기, 우리가 만나는 곳

만, 어머니의 충고로 인해 아들의 마음이 한결 가벼워졌겠지요.

다음은 세 번째로 실린 「크라쿠프」라는 작품입니다.

육십 년 전에 존 버거에게 지식을 나눠줬던 인물인 켄이 등장하지요.

여러분도 그런 사람 혹시 있는지요? 부모도 아니고, 직접 나한테 국어 영어 수학을 가르쳐준 선생님도 아닌데, 나를 이 모양 이 꼴로 만든 사람 말입니다. 저 사람을 만나지 않았다면 내 인생이 무척 달라졌으리라 생각되는, 그 정도로 내게 아주 치명적인 사람! 이 작품에선 그런 사람을 불어로 '파쇠르(passeur)'라고 표현하더군요. 흔히 사공, 밀수꾼으로 번역이 되지만 안내자라는 뜻도 담겼답니다. 켄이 바로 존 버거에겐 파쇠르였죠.

존 버거는 열한 살 때 마흔 살인 켄을 만납니다. 학교 임시 교사였죠. 그런데 학교에서 가르친 건 별로 없고, 존 버거를 여기저기 데리고 다닙니다. 인생에서 알아야 할 것들을 가르쳤던 것입니다. 가령 인간은 언제 울어야 하는지를 가르쳐주지요.

울어야겠으면, 정말 울어야겠으면 나중에 울어. 도중에 울지 말고! 이걸 기억해야 해. 너를 사랑하는 사람들, 오직 그 사람들하고만 있을 때가 아니라면 말이야. 물론 그렇다면 넌 이미 운이 좋은 거지. 세상엔 우리를 사랑하는 사람이 그렇게 많지 않으니까. 그들과 함께 있을 땐 도중에 울어도 좋아. 그렇지 않다면 나중에 울어.　92쪽

노년의 존 버거가 이미 죽은 켄과 재회하여 나누는 대화가 유쾌하면

서도 가슴 찡합니다. 켄은 주장하지요.

나는 가르치지 않았어. 네가 배웠지. 그건 달라. 나는 너를 배우게
했어! 그리고 너한테서 배운 것도 많고!
이를테면?
옷 빨리 입기.
다른 건 없어요?
소리 내어 또박또박 읽기.
당신도 큰 소리로 잘 읽었어요. 내가 말한다.
결국엔 어떻게 하는지 알게 됐지. 네가 소리 내서 읽는 비결 말이
야. 문장의 끝에 이를 때까지 그걸 읽지 않는 것. 그게 너의 비결이었
어. 앞서 내다보기를 거부했던 거야.   100쪽

이 지적이 오래 제 가슴에 남더라고요. 우리는 책을 읽을 때 조급함
을 이기지 못하거나 혹은 시간을 아끼려고 앞을 막 미리 당겨보곤 합
니다. 그런데 존 버거는 그런 짓을 하지 않았다는 것이죠. 천천히 또박
또박 읽으면서 방금 부딪친 것들만 상상합니다. 낭독을 통해 문장을 혀
로 몸으로 뇌로 만나는 시간이 존 버거의 상상력을 키웠겠지요. 이런 시
간을 열어준 이라면, 분명 인생의 스승일 겁니다. 여러분에게 그런 분
이 있다면, 그런데 이미 돌아가셨다면, 그분과 어디서 만나는 것이 좋을
까요. 그곳이 어디든 그곳은 '여기, 우리가 만나는 곳'이 되는 겁니다. 존
버거의 이 근사한 소설처럼!

『서부전선 이상 없다』

오늘은
에리히 마리아 레마르크의 장편소설
『서부전선 이상 없다』입니다.

1929년에 발표된 소설이고, 일차세계대전을 다룬 전쟁소설입니다. 저는 이 소설을 고등학생 시절 처음 읽었고, 스물여덟 살 군대에서 또 한 번 읽었고, 이번에 세 번째로 다시 읽었습니다.

레마르크는 전쟁소설에 특히 강점을 지닌 작가입니다. 일차세계대전부터 이차세계대전까지 전쟁소설을 반복해서 썼고, 그가 쓴 소설은 거의 영화로 옮겨졌습니다. 오늘 다룰 『서부전선 이상 없다』도 영화로 됐고요 『사랑할 때와 죽을 때』 역시 영화로 만들어 큰 성공을 거뒀습니다. 사랑할 때와 죽을 때! 너무나 아름다운 제목입니다. 레마르크는 제이차세계대전을 배경으로 한 사랑이야기로 이 제목을 썼지요. 전쟁소설을 쓰려는 작가가 반드시 탐독하는 소설이 바로 이 두 작품이기도 합니다.

『서부전선 이상 없다』에선 현대전이 등장합니다. 트로이전쟁부터 시작해서 중세시대까지는 전투라는 것이 칼이나 방패를 들고 몸과 몸이 맞부딪쳐 싸우는 것이지요. 이 속에는 그 나름의 낭만이 깃들어 있기도 합니다. 『삼국지』와 같은 작품을 읽으면, 관우와 하후돈을 비롯한 여러 장수들이 서로 맞붙어 싸우지요. 굉장히 흥미진진합니다. 싸우면서 대화를 주고받기도 하고 욕설도 합니다. 인간과 인간이 부딪치는구나, 이런 느낌을 확실히 주지요. 일차세계대전부터는 전쟁이 현대전으로 바뀝니다. 인간과 인간이 싸우는 게 아니고 인간과 기계가 싸우는 겁니다. 소설 곳곳에 등장하는 총, 대포, 독가스 이런 것들이 직접 전투 중에 사용되기 시작하였고, 그 바람에 많은 사람들이 한꺼번에 죽거나 다칩니다. 적군은 보지도 못한 상황에서 아군 병사들이 죽는 것이죠. 총탄에 맞아 죽고 포탄이 터지면서 죽고 안개처럼 번진 가스를 마시고 또 죽습니다. 전쟁의 새로운 비정함을 처절하게 담은 소설이지요.

독일에서 볼 때 서부전선은 독일과 프랑스 접경지대입니다. 그래서 독일과 프랑스의 전투를 다루죠. 주요 등장인물들은 열여덟 살 먹은 네 명의 고교 친구들입니다. 어리죠. 어찌 보면 잔혹극이라고 할 수 있습니다. 저도 등장인물을 열 명 정도 내세우고 그 열 명을 다 죽이는 이야기를 구상한 적이 있습니다. 하나씩 차례차례 죽어나가다보면 마지막 한 사람이 남습니다. 보통 공포영화에선 그 주인공은 살아남는데, 그 주인공까지 죽이고 이야기가 끝나는 작품인 겁니다.

서부전선 이상 없다

미국의 소설가 헤밍웨이도 『누구를 위하여 좋은 울리나』 『무기여 잘 있거라』와 같은 전쟁소설을 썼습니다. 여러 전쟁소설 중에서 레마르크의 작품을 읽어보면, 아 이거 진짜 자기 체험이구나, 하는 느낌이 듭니다. 레마르크가 열여덟 살에 바로 이 서부전선에 병사로 배치되었으니까요. 그곳에서 전투 중에 부상을 당해 귀가했다는 기록이 있습니다. 직접 체험이 소설 속에 가득 담겨 있어서, '논픽션이야 이건, 경험해보지 않고서는 이렇게 쓸 수 없어' 이런 느낌이 듭니다.

하나만 예를 들어볼까요. 50쪽을 보면, 땅에 대한 이야기가 나오지요. 병사와 땅이 무슨 관련이 있을까 싶지요? 보통은 별 상관이 없을 듯 느껴지는 두 단어를 레마르크는 이런 문장으로 처절하게 담습니다.

뭐니 뭐니해도 군인에게 땅만큼 고마운 존재는 없다. 군인이 오랫동안 땅에 납작 엎드려 있을 때, 포화로 인한 죽음의 공포 속에서 얼굴과 수족을 땅에 깊이 파묻을 때 땅은 군인의 유일한 친구이자 형제이며 어머니가 된다. 군인은 묵묵 말없이 자신을 보호해주는 땅에 대고 자신의 두려움과 절규를 하소연한다. 그러면 땅은 그 소리를 들어주면서, 다시 새로 10초 동안 그에게 생명을 주어 전진하게 한다. 그러고는 다시 그를 붙잡는데, 때로는 영원히 그리고 붙잡고 있기도 한다.

땅 땅 땅!

땅에는 고랑이며 구멍이며 패인 곳이 있으므로 그곳에 뛰어들어 몸을 웅크릴 수 있다! 땅, 너는 공포의 경련 속에서, 초토화의 아수라장 속에서, 폭발로 인한 죽음의 비명 속에서 우리의 목숨을 되살려주는 엄청난 일을 해주었다! 갈기갈기 찢기기 직전에 존재의 거센 폭풍이 갈팡질팡 하다가 역류하여 땅에서 우리 손으로 흘렀다. 그래서 살아남은 우리들은 땅 속으로 파고 들어가, 불안스런 가운데 무사히 살아남은 순간을 말없이 축복하면서 우리의 입술로 너를 깨물고 싶어진다.   50쪽

포탄이 막 떨어지니까 땅에 머리 처박고 포성이 잔잔해질 때까지 기다리는 겁니다. 그 땅에 바짝 붙어 죽음의 공포를 견디는 장면을 묘사한 거죠. 이런 건 상상으로 쓸 수 있는 장면이 아닙니다. 포탄이 떨어질 때, 땅에 엎드려 숨죽이고 있었던 자만이 쓸 수 있는 문장이지요.

『서부전선 이상 없다』는 전쟁 영웅을 다룬 소설이 아닙니다. 어린 병사들은 다분히 의협심으로, 국가를 위해 참전하란 권유를 받고 전장으로 가죠. 여기까진 자신감도 넘치고 즐겁기까지 합니다. 그런데 첫 전투에서 총소리가 탕 나는 순간부터 모든 흥겨운 상상이 깨집니다. 살아남아야 한다, 이 생각뿐인 겁니다. 이 소설은 극한적인 상황에서 한 인간이 점점 전쟁에서 살아남기 위한 도구로 전락해가는 모습을 그리고 있습니다. 171쪽부터 펼쳐지는 장면이 특히 잊히질 않습니다.

주인공이자 소설을 이끌어가는 일인칭 화자인 파울 보이머는 혼자 웅덩이 비슷한 곳에 떨어지게 됩니다. 그곳에서 자기만 귀대를 못 하고 밤을 지새우지요. 그런데 프랑스 병사 하나도 그곳으로 떨어집니다. 보이머는 칼로 그 사람을 막 찔렀습니다. 그런데 제대로 급소를 못 찔러 이 프랑스 병사가 안 죽는 겁니다. 밤새 옆에서 끙끙 앓는 거죠. 보이머

살아남은 우리들은
땅 속으로 파고 들어가,
불안스런 가운데
무사히 살아남은 순간을
말없이 축복하면서

우리의 입술로
너를 깨물고 싶어진다

는 밤새 그 소리를 듣는 거예요. 결국 프랑스 병사는 숨을 거두지요. 보이머는 자신이 죽인 프랑스군 시체를 바라보며 이렇게 말합니다.

"이봐 전우, 나는 자네를 죽이고 싶지 않았어. 자네가 이곳에 또 다시 뛰어든다 하더라도 자네가 얌전히만 있으면 자네를 죽이지 않을 거야. 자네는 전에 나에게 하나의 관념이자 내 머리 속에 살아 있다가 결단을 하게 만든 하나의 연상에 불과했어. 내가 찔러 죽인 것은 이러한 적이라는 연상이야. 지금에야 자네도 나와 같은 인간임을 알게 됐어. 난 자네의 수류탄을, 자네의 총검을, 자네의 무기를 생각했어. 그런데 지금 나는 자네의 얼굴을 보고 자네의 아내를 생각하면서 우리의 공통점을 발견하고 있어. 전우여, 부디 나를 용서해다오! 우리는 이러한 점을 너무 늦게야 깨닫곤 하지. 왜 우리에게 일러주는 사람이 없단 말인가. 자네들도 우리와 마찬가지로 불쌍한 개라는 사실을, 자네들 어머니들도 우리의 어머니들처럼 근심걱정하고 있다는 사실을. 우리가 죽음과 고통을 똑같이 두려워하며 똑같이 죽어간다는 사실을 말이야. 부디 용서해다오, 전우여! 어째서 자네가 나의 적이 되었던가. 우리가 이런 무기와 군복을 벗어던지면 카친스키나 알베르트처럼 자네도 나의 벗이 될 수 있을 텐데. 전우여, 나의 목숨에서 20년을 떼어가서 일어나다오. 아니 더 많은 햇수라도 가져가다오. 내가 살아 있다 한들 무엇을 해야 할지 모르기 때문이야." 177쪽

보이머는 프랑스 병사의 군복을 뒤집니다. 지갑에서 사진들이 나옵니다. 아내로 보이는 여인과 딸로 보이는 여자아이의 사진입니다. 군인

서부전선 이상 없다

수첩을 꺼내 확인합니다. 인쇄공 제라르 뒤발, 이게 보이머가 죽인 프랑스 병사의 이름이었습니다.

자기가 죽인 적군의 시체를 보면서, 언젠가는 나도 이렇게 죽을 수 있다는 생각을 합니다. 전쟁이 아니었다면 우리가 친구로 만날 수 있었을 텐데, 아쉬움도 품지요.

『서부전선 이상 없다』는 전쟁에 반대합니다. 이 소설을 읽다보면 전쟁의 참혹한 모습을 오감으로 느끼게 되지요. 그런데 일차세계대전이 끝나고 1929년에 이 장편소설이 출간되고 나서 조금 있다가 나치의 시대가 열립니다. 1933년 히틀러가 집권하면서 바로 금서가 됩니다. 이 책을 전부 모아 불살라버리죠. 레마르크는 독일을 탈출해서 미국으로 망명하게 되지요.

앞에서도 잠깐 말씀드렸듯이, 『서부전선 이상 없다』에서는 등장인물들이 한 명씩 죽어나가고 마지막에 파울 보이머라는 주인공까지 죽습니다. 마지막 장면이 굉장히 단정하면서도 두려움을 자아냅니다. 소설의 제목과도 직접 맞닿아 있지요.

온 전선이 쥐 죽은 듯 조용하고 평온하던 1918년 10월 어느 날 우리의 파울 보이머는 전사하고 말았다. 그러나 사령부 보고서에는 이날 '서부전선 이상 없음'이라고만 적혀 있을 따름이었다.

그는 몸을 앞으로 엎드린 채 마치 자고 있는 것처럼 땅에 쓰러져 있었다. 그의 몸을 뒤집어보니 그가 죽어가면서 오랫동안 고통을 겪은 것 같은 흔적은 보이지 않았다. 그는 그렇게 된 것을 흡족하게 여

기는 것처럼 무척이나 태연한 표정을 짓고 있었다. 229-230쪽

파울 보이머의 시선으로 처음부터 끝까지 일인칭 화자로 가다가 맨
마지막에 시점을 바꾼 겁니다. 지금까지 이야기를 이끌어온 병사도 결
국 1918년에 총에 맞아 죽었고, 이렇게 많은 사람이 죽어갔는데도 보고
서에서는 '서부전선 이상 없음'이라고 적혀 있었다는 것이죠.

대부분의 전쟁소설들은 그 안에 낭만도 제법 담겨 있고, 영웅적인 활
동까지는 아니더라도 이런저런 무용담이 담깁니다. 그런데 『서부전선
이상 없다』는 처음부터 끝까지 계속 추락하는 느낌을 줍니다. 처음부터
떨어지기 시작해서 끝까지 떨어져 바로 그 '땅'에 부딪혀 다시는 일어서
지 못하는 이야기죠. 읽고 나면 더 답답해지는 작품이기도 합니다.

스무 살 그 시절의 체험이 한 사람의 평생을 지배하기도 하지요. 레마
르크는 서부전선에서의 전투 체험을 통해 세상을 다시 보게 됩니다. 자
신의 분신인 파일 보이머는 죽었지만 레마르크는 서부전선에서 살아 돌
아와서, 서부전선 이상 있다는 소설을 쓴 셈이죠. 그것이 결국은 브레히
트가 시에서 말한 '살아남은 자의 슬픔' 같은 것인지도 모르겠습니다.

187   서부전선 이상 없다

『태양은 다시 떠오른다』

오늘은
어니스트 헤밍웨이의 장편소설 『태양은 다시 떠오른다』
입니다.

헤밍웨이의 첫 장편이지요. 한 작가의 작품을 읽어나가는 방법은 여러 가지가 있습니다만, 저는 이 처녀 장편부터 읽으라고 권하곤 합니다. 우리나라 청소년들은 『노인과 바다』를 가장 먼저 읽지요. 분량도 비교적 짧고 이야기도 복잡하지 않으니까, 중학생 정도부터 추천도서에 들어가는 것 같습니다. 그런데 『노인과 바다』는 헤밍웨이가 완숙기에 접어든 이후 발표한 작품입니다. 청소년용이라고 한정지어서는 결코 안 되는 작품인 것이죠. 오히려 『태양은 다시 떠오른다』에 담긴 사랑과 우정, 열망과 실망, 방황과 그리움 등이 청소년들의 내면을 더 풍부하게 만들지 않을까 싶기도 합니다.

헤밍웨이의 장편 중에는 전쟁 후일담으로 묶이는 것들이 꽤 있습니다.『태양은 다시 떠오른다』도 일차세계대전 이후의 풍광이 많이 담겨 있지요. 큰 전쟁이 발발하고 나면 그로 인해 고통받은 이들의 감수성이 달라집니다. 일차세계대전이든 이차세계대전이든 혹은 우리나라의 경우 임진왜란이나 병자호란 또 한국전쟁 이후도 마찬가지지요.

한 인간이 일생을 보내면서 때론 절망도 하고 때론 분노도 합니다. 그런데 개개인의 문제 때문에 절망과 분노를 하는 것이 아니라, 전체 국민을 절망과 분노에 빠뜨리는 사건들도 있는 법이지요. 전쟁이 그 대표적인 경우입니다. 오죽하면 전쟁 체험 세대와 전쟁 미체험 세대로 나누겠습니까. 그런데 공교롭게도 전쟁은 인간에게 참혹한 상처를 남기지만 오히려 그로 인해 좋은 글들이 많이 나오곤 하지요. 평화로운 시절과는 너무나도 다른, 인간의 본질에 곧바로 육박하는 깊고 도발적인 작품들을 포함해서 말입니다.

헤밍웨이 장편의 남자 주인공들은 적극적이라기보다는 오히려 소극적인 면모가 많습니다. 헤밍웨이라고 하면, 아프리카에 가서 사자 사냥을 하고 술도 진탕 마시고 여자도 많이 바꾼 것으로 유명하지요. 작가가 그렇게 남성미가 철철 넘치는 쪽으로 자기 자신의 이미지를 만든 측면도 분명히 있습니다. 그런데 장편소설을 펼쳐 읽어보면 작가의 이미지와 작중 주인공의 성격은 상반됩니다. 주인공들은 대부분 물러나서 관찰하고 머뭇거리지요. 자신감이 결여된 모습입니다. 오히려 여자가 적극적이지요.『태양은 다시 떠오른다』도 그런 특징이 잘 담긴 작품입니다.

태양은 다시 떠오른다

이 소설의 주인공이자 화자는 제이크 반스입니다. 전쟁에 나갔다가 남성 성기에 상처를 입었지요. 여자를 사랑하긴 하지만 적극적으로 대시하지 않습니다. 전쟁 중에 입은 상처는 몸의 상처이자 마음의 상처이기 때문이겠죠. 반스는 브렛 애슐리라는 영국 여자랑 사귑니다만 둘은 결혼까지 골인하지 못했습니다. 흠모하는 마음은 여전히 품고 있는데도 말입니다. 애슐리는 마이크 캠벨이라는 남자와 사랑에 빠져 약혼을 합니다. 그럴 때도 반스는 가만히 지켜보고만 있습니다. 그리고 제이크 반스의 동료 소설가인 로버트 콘도 애슐리가 너무 멋지다고 감탄하며 저 여자의 사랑을 쟁취하겠노라고 반스에게 호언장담을 합니다.

드디어 콘과 애슐리가 둘이서 떠나버리지요. 이런 상황에서도 반스는 지켜보기만 합니다. 애슐리가 스페인에 간 후 유명한 투우사 로메로와 사랑에 빠져들 때도 반스는 그냥 보고만 있습니다. 몸에서 사리가 나올 정도겠죠. 어떻게 자신이 사랑하는 여자가 이 남자 저 남자 옮겨다니며 연애를 하는 걸 그냥 둘 수 있는지 납득하기 어려울 정도입니다.

흥미로운 부분은 애슐리도 여전히 반스를 마음에 두고 있단 겁니다. 가령 애슐리가 로버트 콘과 사귀려고 할 때 살짝 반스에게 물어보는 겁니다. 그러니까 옛 애인한테 와서, 나 저 콘이란 남자와 사귈까 하는데 어때? 이렇게 묻는 거죠. 그럼 반스는 네 일이니 알아서 하라는 식으로 답하지요. 그리고 애슐리는 콘과 사귀기 시작하는 겁니다.

소설은 사랑에 뜨뜻미지근하고 수동적인 제이크 반스로 시작해서, 여자에게 집착하는 로버트 콘을 거쳐, 격정적으로 열렬히 불타오르는 사랑을 즐기고 나이 차이는 상관없이 야반도주까지 서슴지 않는 로메로에 가 닿습니다. 힘과 기술과 피와 함성이 들끓는 투우가 등장하지만, 그 주인공은 반스가 아니라 로메로입니다. 우선 애슐리가 여러 남자 사이를 왔다갔다할 때, 반스가 어떤 식으로 반응하는지 체크하면서 읽어나가세요. 그리고 애슐리가 새로운 남자를 사귈 때마다 어떻게 반스한테 알려주고 그 마음을 떠보는지도 함께 살피면, 둘의 엇갈린 관심과 의도적인 무시, 하지만 미련을 버리지 못하는 안타까움 등의 감정을 느낄 수 있을 겁니다.

애슐리는 도덕 관념 자체가 희박하지요. 21세기인 지금은 상상하기 어렵지만, 20세기 초만 해도 미국엔 청교도적인 도덕을 강조하는 완고한 이들이 적지 않았습니다. 소설에서 이런 자유로운 여자가 등장하기 어려웠지요. 그래서 이 소설이 출간되었을 때 큰 반향을 불러일으켰습니다. 듣도 보도 못한 스타일의 여자니까. 남자를 여러 명 사귈 수는 있지만, 새로운 남자를 만나면 그 이전에 사귄 남자들과의 관계를 다 끊고 궁극적으론 결혼하여 가정을 꾸려야 합니다. 그런데 애슐리는 절대로 그런 스타일이 아니지요. 그러니까 부도덕하다거나 불경하단 비판이 나왔을 겁니다.

그런데 『태양은 다시 떠오른다』는 애슐리의 애정 행각이 한 바퀴 빙돈 후 결국은 다시 반스가 등장한다는 겁니다. 로메로와 야반도주를 하고 나서, 애슐리는 갑자기 반스한테 두 번이나 전보를 칩니다. 곤경에 처했으니 마드리드의 호텔 몬타나로 오라고 말입니다. 반스가 답신을 보냅니다.

마드리드 호텔 몬타나의 레이디 애슐리

이것으로 일이
해결되겠지
그랬다
여자를 한 남자와 떠나보낸다

그녀를 또 다른 남자에게
소개하니 또 그 남자하고 도망친다
이제는 그 여자를
데리러 간다 그리고 전보에
'사랑하는'이라고 쓴다

내일 급행으로 도착. 사랑하는 제이크.

이것으로 일이 해결되겠지. 그랬다. 여자를 한 남자와 떠나보낸다. 그녀를 또 다른 남자에게 소개하니 또 그 남자하고 도망친다. 이제는 그 여자를 데리러 간다. 그리고 전보에 '사랑하는'이라고 쓴다.   361쪽

그리고 반스는 호텔 몬타나로 가서 애슐리를 챙기지요. 이 남자 저 남자와 사랑을 나눴던 애슐리가 반스와 나누는 대화가 걸작입니다.

"화냥년이 되지 않기로 결심하니 기분이 아주 좋아."
"아무렴."
"말하자면 그게 우리가 하느님 대신 믿는 거지."
"하느님을 믿는 사람들도 있지. 그런 사람도 꽤 많아." 내가 말했다.
"하느님은 내게는 별로 효험이 없었어."   370쪽

그렇다고 애슐리가 완전히 반스에게 돌아왔다고 단정하긴 어렵습니다. 남자들과 번갈아 사귀느라 좀 지쳤다고나 할까요. 그들과 시간을 보내버리는 바람에, 늘 자신을 바라보며 곁에 머물러주는 반스를 챙기지 못했다는 아쉬움이 찾아드는 정도인 겁니다. 그래서 "아, 제이크 우리 둘이 얼마든지 재미있게 시간을 보낼 수 있었는데"라는 애슐리의 조금은 때늦고 염치없는 말에, "그래 맞아. 그렇게 생각하기만 해도 기분이 좋지 않아?"라고만 답하고 소설은 끝이 나는 겁니다. 뜨겁게 사랑을 다시 시작하자는 분위기는 전혀 아닙니다. 그냥 어정쩡하게 반스는 애슐

태양은 다시 떠오른다

리에게 맞장구를 쳐주는 수준에 그칩니다. 다시 애슐리가 다른 남자와 사랑에 빠지고 떠나고 또 반스에게 도움을 청하는 전보를 치고 반스가 찾아가서 애슐리를 챙기는 일을 반복하지 말란 법이 없는 것이죠.

『태양은 다시 떠오른다』는 사람을 만나는 방식에 관해 이야기를 들려주는 것 같습니다. 브렛 애슐리는 일단 부딪혀보는 스타일입니다. A 라는 남자 B라는 남자 C라는 남자가 등장해서 자신과 사귀고 싶다고 고백하면, 끔찍하게 싫지만 않으면 연애를 하면서 시간을 함께 보내는 것이죠. 현재의 감정에 충실하려 합니다. 하지만 제이크 반스는 호감이 가는 상대라고 해도 당장 사귀지는 않고 거리를 두며 관찰을 합니다. 저여자랑 관계를 맺는 게 과연 좋을까 나쁠까 많이 고민하며 재는 스타일이죠. 그러면서 상대에 대한 자신의 감정을 점점 굳혀가는 식입니다. 여기서 중요한 건 상대 여자의 감정이나 태도가 아니라, 반스 자신의 감정 혹은 태도일 겁니다. 이렇게 상반된 두 가지 스타일의 인간을 만들어 충돌시킨 셈입니다. 제이크 반스를 통해 젊은 날의 헤밍웨이가 인간에 대해 품은 고민을 따라가보는 맛도 남다릅니다. 청춘소설이라고 불릴 충분한 이유가 되기도 하겠지요.

『달과 6펜스』

오늘은
서머싯 몸의 『달과 6펜스』
입니다.

『크눌프』와 함께 제 청소년기를 지배했던 작품입니다. 저는 이 소설을 중학교 삼학년 때 읽었습니다. 이 작품을 읽고 완전히 빠져들어서 나도 예술을 해야겠단 마음을 먹었으니까요. 그리고 거의 삼십 년쯤 지나서 이번에 다시 이 소설을 읽어봤습니다. 『크눌프』처럼 이 작품에서도 다른 면들이 보이더군요.

예술가들의 삶을 다루는 일군의 소설들이 있지요. '예술가소설'이라고 통칭하기도 합니다. 그중에서 가장 유명한 작품 중 하나가 독일 작가 토마스 만의 『토니오 크뢰거』입니다. 그 소설에 '예술가란 길을 잘못 든 속인'이라는 유명한 구절도 담겨 있지요. 여기서 핵심은 '길을 잘못 들었다'는 겁니다. 길을 잘못 들었다는 게 도대체 뭘까요?

『달과 6펜스』의 주인공인 찰스 스트릭랜드를 볼까요. 크눌프가 처음 부터 자기 식대로 방랑을 했다면, 찰스 스트릭랜드는 가정을 꾸리고 아내와 행복하게 잘 삽니다. 그런데 이렇게 일상을 즐기던 남자가 런던에서 갑자기 아내에게 편지 한 통만 남기고 사라집니다.

> 에이미 보시오.
> 집안은 다 잘 정돈되어 있으리라 생각하오. 앤에게 당신이 말한 대로 일러두었으니 돌아오면 당신과 아이들의 식사가 준비되어 있을 것이오. 하지만 나는 당신을 보지 못하오. 당신과 헤어지기로 마음 먹었소. 내일 아침 파리로 떠날 작정이오. 이 편지는 그곳에 도착하는 대로 부치겠소. 다시 돌아가지는 않소. 결정을 번복하진 않겠소.
> 찰스 스트릭랜드.   51쪽

파리로 훌쩍 떠나버린 겁니다. 아내와 아내의 친척들은 모여서 이 갑작스런 가출을 어찌 받아들였을까요? 틀림없이 여자가 있다. 여자가 생겨 그미랑 야반도주를 한 거라고 받아들이지 않았을까요?

『달과 6펜스』의 화자는 극작가입니다. 스트릭랜드의 아내는 그에게 파리로 가서, 스트릭랜드가 어떤 여자랑 살고 있는지 조사하여 알려달라고 합니다. 그래서 극작가는 스트릭랜드를 찾아서 파리로 건너가죠. 그런데 놀랍게도 스트릭랜드에겐 여자가 없는 겁니다. 대신 혼자서 미친 듯이 그림을 그리고 있습니다. 극작가가 묻습니다.

"아니 그럼, 여자 때문에 부인을 떠난 게 아니란 말입니까?"

"당연히 아니오."

"명예를 걸고 맹세할 수 있어요?"

내가 왜 그렇게 물었는지 모르겠다. 그때만 해도 참 순진했던 모양이다.

"명예를 걸고 맹세할 수 있소."

"그럼 도대체 무엇 때문에 부인을 버렸단 말입니까?"

"나는 그림을 그리고 싶소."

나는 한참동안 지긋이 그를 바라보았다. 알 수 없는 노릇이었다. 이 자가 돌아버리지 않았나 하는 생각이 들었다. 이때만 해도 나는 아주 젊었고 상대방은 내게 중년으로 보였음을 기억해야 할 것이다. 딴 건 몰라도 몹시 놀랐던 것만큼은 기억한다.

"아니 나이가 사십이 아닙니까?"

"그래서 더 늦출 수 없다고 생각했던 거요."

"그림을 그려본 적은 있나요?"

"어렸을 적에는 화가가 되고 싶었소. 하지만 아버지가 그림을 그리면 가난하게 산다고 하면서 장사일을 하게 만들었지. 일 년 전부터 조금씩 그리기 시작했소. 한 일 년 야간반에 나가 그림을 배웠어요."

66-67쪽

예술을 하면 가난하게 산다고 아버지가 자식에게 충고하는 건 한국이나 영국이나 혹은 체코나 마찬가진가 봅니다. 그럴 때 자식들은 두 가지 태도를 보이죠. 하나는 카프카처럼 아버지 말에 순종해서 평생 낮에는 직장 다니고 밤에 몰래 몰래 소설을 쓰는 겁니다. 찰스 스트릭랜드는 두 번째 유형입니다. 처음엔 아버지 충고를 따르다가, 어느 순간에 도저히 이렇게는 못 살겠다며 예술을 하기 위해 직업과 인간관계들을 다 던져버리는 거죠. 그 단절에 아내와 애들까지 들어 있던 것이고요. 나는 이제부터 예술만 하겠다는 일방적인 통보를 한 겁니다. 나이 마흔에!

『달과 6펜스』는 마흔 살에 한 번도 그림을 정식으로 그려본 적 없는 한 인간이 그림을 그리겠다고 길을 잘못 들게 되는 이야기입니다. 물론 스트릭랜드는 그 길을 잘못 들었다고 죽을 때까지 생각하지 않습니다. 그만 빼놓고 나머지 전체는 스트릭랜드의 길을 비난하겠지만 말입니다. 이때 나이가 마흔 살이나 되었는데, 직업을 버리고 그림을 시작해봤자 얼마나 잘 그리겠느냐는 질문을 던질 수 있겠지요. 그 물음에 스트릭랜드는 이렇게 답합니다.

"나는 그림을 그려야 한다지 않소. 그리지 않고서는 못 배기겠단 말이요. 물에 빠진 사람에게 헤엄을 잘 치고 못 치고가 문제겠소? 우선 헤어나오는 게 중요하지. 그렇지 않으면 빠져 죽어요."

그의 목소리에는 진실한 열정이 담겨 있었다. 나도 모르게 감명을 받았다. 그의 마음속에서 들끓고 있는 어떤 격렬한 힘이 내게도 전해오는 것 같았다. 매우 강렬하고 압도적인 어떤 힘이, 말하자면 저항을 무력하게 하면서 꼼짝할 수 없도록 그를 사로잡고 있음을 느낄 수 있었다.   69쪽

이 소설의 중반부에 등장하는 중요하고 개성적인 인물은 더크 스토

로브라는 화가입니다. 어찌 보면 영화 〈아마데우스〉에서 만들었던 모차르트와 살리에르의 구조 같습니다. 그래서 찰스 스트릭랜드는 늦게 시작했지만 굉장히 재능이 뛰어나서 그림을 잘 그리는 사람이고, 더크 스토로브는 그림은 대충대충 팔아먹고 있는데 실력은 없는 화가지요. 더크 스토로브는 찰스 스트릭랜드야말로 진짜 천재라고 계속 칭찬합니다. 찰스 스트릭랜드는 그림에만 몰두하니까 돈을 벌 생각을 안 합니다. 당시 유행하는 그림을 그리지 않았기 때문에 생활이 점점 피폐해지지요. 그래서 병이 들고 다 죽게 생긴 겁니다.

이때 더크 스토로브가 찰스 스트릭랜드를 자기 집으로 데려가서 간병을 하려고 합니다. 더크 스토로브의 부인인 블란치가 강하게 반대합니다. 절대로 저 남자를 우리 집에 데리고 오면 안 된다는 것이죠. 차라리 우리가 돈을 대고 간병을 쓰는 한이 있더라도 우리 집에서 이 사람 간병은 못하겠다고 버팁니다. 더크 스토로브는 계속 아내를 설득합니다. 결국은 찰스 스트릭랜드가 더크 집으로 들어오죠.

그리고 블란치와 찰스 스트릭랜드는 사랑에 빠져버립니다. 블란치는 이런 일이 벌어질 것을 미리 예감하고 스트릭랜드를 집에 들여놓지 않으려고 한 것이죠. 블란치와 스트릭랜드가 사랑에 빠진 걸 안 후 더크 스토로브가 그 집에서 나옵니다. 순진하달까 멍청하달까, 더크는 계속 찰스 스트릭랜드를 걱정합니다.

그런데 문제는 찰스 스트릭랜드가 블란치를 사랑한 게 아니란 겁니다. 찰스 스트릭랜드는 그림을 사랑하는 사람이기 때문에, 그 순간 이 여자의 따뜻한 위로가 필요했던 것뿐입니다. 예술적 영감을 채워나가는 데 필요했던 뮤즈라고나 할까요. 더 이상 뮤즈가 아닌 순간에는 버리는

달과 6펜스

겁니다. 그리고 다른 뮤즈를 잡죠. 지독한 남녀차별, 예술지상주의라는 비난을 살 만한 부분입니다. 극작가는 이 부분을 집요하게 물고 늘어지지요. 스트릭랜드는 '사랑 따위 필요 없다'고 버팁니다. 직접 인용해보겠습니다.

> "그래도 그 여자는 당신을 진심으로 사랑했죠."
>
> 그는 자리에서 벌떡 일어나 비좁은 방 안을 이리저리 거닐었다.
>
> "난 사랑 같은 건 원치 않아. 그럴 시간이 없소. 그건 약점이지. 나도 남자니까 때론 여자가 필요해요. 하지만 욕구가 해소되면 곧 딴 일이 많아. 난 그 욕망을 이겨내지는 못하지만 그걸 좋아하진 않아요. 그게 내 정신을 구속하니까 말야. 나는 언젠가 모든 욕정에서 벗어나 아무런 방해도 받지 않고 내 일에 온 마음을 쏟을 수 있는 때가 있었으면 하오. 여자들이란 사랑밖에 할 줄 아는 게 없으니까 사랑을 터무니없이 중요하게 생각한단 말야. 그래서 우리더러 그게 인생의 전부인 양 믿게 하고 싶어해요. 하지만 그건 하찮은 부분이야. 나도 관능은 알지. 그건 정상적이고 건강해요. 하지만 사랑은 병이야. 내게 여자들이란 쾌락을 충족시키는 수단에 지나지 않아. 나는 여자들이 인생의 내조자니, 동반자니, 반려자니 하는 식으로 우기는 것을 보면 참을 수가 없소."
>
> 202-203쪽

스트릭랜드의 태도가 이러하니, 블란치와의 사랑은 파국이 예정된 것이겠지요. 스트릭랜드가 블란치랑 잘 지내다가 어느 순간에 너는 나의 뮤즈가 아니다, 가라! 이렇게 된 겁니다. 그래서 블란치는 자살을 시

"난 사랑 같은 건
원치 않아.
그럴 시간이 없소. "

도하고 결국 죽습니다. 더크 스트로브가 다시 나타나서 자살한 부인을 용서합니다. 그리고 찰스 스트릭랜드를 미워하거나 공격하지 않습니다. 내 아내는 네게 버림을 받아 죽었지만, 나는 네가 예술적 천재임을 아니까 계속 도와줄게. 그림을 계속 그려. 이런 마음이라고나 할까요. 아내의 죽음보다 예술이 중요하다는 이 사내의 자세는 스트릭랜드에 대한 존경심에서 비롯되었을까요 아니면 콤플렉스의 뒤틀린 표현일까요. 더크는 그렇게 스트릭랜드를 용서하지만, 극작가는 블란치를 죽음으로까지 내몬 스트릭랜드의 이기심에 치를 떱니다. '인간 같지도 않다'며 스트릭랜드 앞에서 공격을 퍼붓지요. 그러나 스트릭랜드는 여자에 대한 경멸을 멈추지 않습니다.

"여자는 사랑을 하게 되면 상대의 정신을 소유하기 전까지는 만족할 줄 몰라. 약해서 지배욕이 강하지. 지배하지 않고서는 만족하지 못해. 여자는 마음이 좁아요. 그래서 자기가 모르는 추상적인 것에는 화를 내는 버릇이 있어. 마음을 쓰는 건 물질적인 것뿐이야. 관념적인 것은 시기나 하고. 남자의 정신은 우주의 저 머나먼 곳에서 방황하는데 여자는 그걸 자기 가계부 안에다 가둬두려고 하는 거요. 내 아내 생각나요? 블란치도 차츰 같은 수작을 쓰려고 하더란 말야. 자기 딴에 무한한 참을성을 발휘해서 나를 함정에 몰아넣고 올가미를 씌울 작정을 하고 있었어. 나를 자기 수준으로 끌어내리고 싶었던 거지. 나 자신에게는 전혀 관심이 없었어. 내가 자기 것이 되어주기만 바랐지. 하기야 나를 위해서라면 무슨 일이든 하려고 했어요. 내가 원하는 것 한 가지만 빼놓고 말이오. 난 혼자 있기를 바랐거든." 203-204쪽 여자를 가재도구 취급하며 하찮게 여기는 입장은 스트릭랜드가 죽을 때까지 계속됩니다. 이 이기심과 편향은 두고두고 논쟁할 부분이겠지요. 서머싯 몸이 이 부분을 소설에서 부각시킨 것은, 예술에 모든 걸 바치는 예술가라고 하여 무조건 추종하고 높여선 안 된다는 생각이 담긴 게 아닐까 합니다. 스트릭랜드는 하늘에서 뚝 떨어진 예술가가 아니라, 그 당시 사회의 선입견들을 고스란히 가지고 있는, 특히 몇몇 부분은 시대에 뒤떨어진 생각을 하는 특정 시기의 인간인 겁니다.

결국 스트릭랜드는 문명을 떠나 오로지 그림만 그릴 수 있는 곳으로 가겠다고 고집을 부립니다. 늘 품고 다닌 소망이었죠.

"나도 때로 생각해보았소. 망망한 바다 한가운데 떠 있는 외로운 섬, 그 섬의 아무도 모르는 골짜기에서 신비스러운 나무들에 둘러싸여 조용히 살아볼 수 없을까 하고. 거기에서는 내가 바라던 것을 찾을 수가 있을 것만 같아서."

111쪽

그래서 외딴 섬으로 가게 됩니다. 소설의 후반부는 타히티 섬에서 벌어지는 이야기죠. 그곳 원주민들을 쉼없이 그려댑니다. 그러다가 마지막 대작을 그리기 위해 아타라는 여자만 하나 데리고 섬 안에 있는 마을에서도 벗어나서 숨어버립니다. 그렇게 극한으로 밀어붙일 즈음 찰스 스트릭랜드는 문둥병에 걸립니다. 병이 심해지자 눈이 멀기 시작해요. 화가에게 눈이 얼마나 중요한지는 따로 설명할 필요가 없겠지요. 문둥병에 걸려 눈이 먼 상태에서, 종이가 아니라 자기가 사는 집 벽에 그림을 그리기 시작합니다. 거대한 벽화인 것이죠. 창세기에 나오는 여러 감동적인 장면들을 쫙 그린 후 숨을 거둡니다. 그리고 아타를 시켜 그것을 전부 불태우지요. 자신의 예술을 완성시켜나간 예술가의 최후인 것이죠. 스트릭랜드의 시신을 처음 발견한 닥터 쿠트라는 아타가 그 집을 불태우기 전에 스트릭랜드의 벽화를 본 유일한 사람입니다. 그가 본 벽화는 이러했습니다.

방바닥에서 천장에 이르기까지 사방의 벽이 기이하고 정교하게 구성된 그림들로 가득 채워져 있었다. 뭐라 형용할 수 없이 기이하고 신비로웠다. 그는 숨이 막혔다. 이해할 수도, 분석할 수도 없는 감정이 그를 가득 채웠다. 창세의 순간을 목격할 때 느낄 법한 기쁨과 의경을 느꼈다고 할까. 무섭고도 관능적이고 열정적인 것, 그러면서 또한 공포스러운 어떤 것, 그를 두렵게 만드는 어떤 것이 거기에 있었다. 그것은 감추어진 자연의 심연을 파헤치고 들어가, 아름답고도 무서운 비밀을 보고 만 사람의 작품이었다. 그것은 사람에게는 허락되지 않은 신성한 것을 알아버린 이의 작품이었다. 거기에는 원시적인 무엇, 무서운 어떤 것이 있었다. 인간 세계의 것이 아니었다. 악마의 마법이 어렴풋이 연상되었다. 그것은 아름답고도 음란했다. 293쪽

중학교 땐 이 문장들을 읽으며 부들부들 떨었습니다. 예술을 한다는 게 이런 것인가. 가족과 문명을 떠나 치유가 불가능한 병에 걸려서도 작품을 완성시키기 위해 끝까지 자신을 몰아붙이는 것이 정녕 예술이란 말인가.

닥터 쿠트라는 이 벽화를 불태우지 말라고 아타를 설득하지요. 하지

만 아타는 스트릭랜드의 유언대로 불을 질러버리고 맙니다. 이런 유언을 남긴 것에 대해 극작가는 이렇게 평하지요.

"스트릭랜드 본인도 그게 걸작인 줄 알았을 겁니다. 자기가 바랐던 걸 이룬 셈이죠. 자기 삶이 완성된 거예요. 하나의 세계를 창조했고, 그것을 바라보니 마음에 들었어요. 그런 다음 자부심과 함께 경멸감을 느끼면서 그걸 파괴해버린 거죠." 299쪽

자부심도 스트릭랜드의 것이고 경멸감도 스트릭랜드의 것이겠지요. 타인의 평가 이전에 오롯이 자기 혼자 천지창조의 기쁨과 덧없음을 맛보고 끝낸 겁니다.

스트릭랜드의 삶을 정리해볼까요. 런던에서 잘 먹고 잘살던 한 인간이 예술가가 되기 위해 그 당시 예술의 도시라고 하는 파리로 갑니다. 거기서 예술적인 기반을 닦지요. 그러나 파리에서 화가로 활동하는 것만으로는 만족을 못 합니다. 파리와 런던으로 대표되는 모든 문명을 다 버리고 '야만'이라 일컬어지는 섬으로 들어가지요. 그 섬에서 궁극적인 그림을 그리다가 혼자 죽어간 겁니다. 물론 폴 고갱을 모델로 한 소설이지만, 사실 모든 예술가들이 꿈꾸는 어떤 본질을 이 소설은 담고 있습니다. 극한으로 밀어붙이지 않고는 어떤 작품도 경지에 오르기 어려운 법이니까요. 일상에 안주하지 말고 계속 도전하라 도전하라 더 도전하라 계속 채찍을 휘두르는 책이 바로 『달과 6펜스』가 아닐까 합니다.

달과 6펜스

『폭풍의 언덕』

오늘은
에밀리 브론테의 『폭풍의 언덕』
입니다.

저는 고등학교 다닐 때 세계문학전집 속에서 이 책을 읽었습니다. 이 번에 다시 읽으니까 굉장히 느낌이 다르더라고요. 김종길 선생님이 옮 긴 건 똑같은데 말입니다. 그러니까 번역자가 다른 사람이라서 이런 느 낌을 받는 건 아니고, 그때는 소설을 즐기는 고등학생이었는데 지금은 전문 작가니까 이 작품이 다르게 보이는 것 같습니다.

가장 먼저 생각해봐야 할 건 『폭풍의 언덕』이 에밀리 브론테의 처녀 장편이자 유일한 장편소설이라는 겁니다. 대부분의 뛰어난 처녀 장편들 은 탁월함과 약점을 함께 지니지요. 누구도 첫 장편부터 완벽한 구조에

개성 넘치는 인물들 그리고 심오한 주제의식을 골고루 담진 못합니다. 첫 시도이기 때문에 어딘가 허술한 구석이 있고, 또 그 구석을 메우려다가 표시가 날 정도로 힘을 실어 균형이 무너지는 경우도 종종 있으니까요. 고교 시절엔 세계명작이니 모든 면이 다 뛰어나리라 믿고 읽었던 측면이 있습니다. 오늘은 이 작품의 장점과 약점을 구별해볼까 합니다.

우선 『폭풍의 언덕』의 등장인물들은 개성이 넘칩니다. 히스클리프와 캐서린은 너무나도 뜨거운 인물들이죠. 당대의 도덕이나 상식을 벗어나 격정적인 사랑을 나눕니다. 불길에 화상을 입은 듯 통증까지 동반될 정도지요.

구조를 뜯어보면, 『폭풍의 언덕』은 고교생들이 좋아하는 러브스토리로 가득 찬 작품이 아닙니다. 소설이 절반쯤 진행되면 그 열렬한 사랑의 한 축인 캐서린이 죽어버리지요. 그리고 아직 소설은 절반 그러니까 300쪽 가까이 남았습니다. 사랑하는 이를 저 세상으로 보낸 남자 혼자 살아남아서 뭘 할까요. 그러니까 뒤는 복수담입니다. 열렬히 사랑했는데 여자가 죽었습니다. 따라 죽지 못한 남자의 후반생은 둘 중 하납니다. 첫째, 소박하게 그미를 그리워하며 늙어가는 것. 둘째, 그미와의 사랑을 방해했던 모든 이들에게 앙갚음을 하는 것. 히스클리프는 후자를 택합니다. 하지만 그렇게 복수를 한다고 죽은 연인이 살아 돌아오진 않습니다. 사랑을 중심에 두고 보자면 때가 늦어도 한참을 늦은 것이죠.

일부 비평가들은 이런 입장을 내놓기도 합니다. 『폭풍의 언덕』은 낭만적인 러브스토리가 아니다. 히스클리프로 대표되는, 계속 구박 받고 업신여김을 당한 하층민이 도덕적이고 상식적으로 사는 척하는 상층민들에게 복수하는 이야기라는 것이죠.

러브스토리이자 복수담이라는 두 마리 토끼를 쫓기엔 『폭풍의 언덕』이 어정쩡하지 않느냐는 비판이 제기되기도 합니다. 270쪽 정도의 강렬하고 비극적인 러브스토리로 끝을 내든가, 복수담을 꼭 넣을 것 같으면 좀 더 치밀하게 복수의 방식과 경과를 소설에 담았어야 한다는 것이죠. 소설의 후반부는 막장 드라마와 비슷한 설정까지 나옵니다. 출생의 비밀과 가족의 반대와 구박과 도피와 복수와 이런 것들이 한데 뒤엉킨 거죠.

문득 그런 생각이 들었습니다. 에밀리 브론테가 장편소설을 하나 더 썼다면 이런 구조적 결함을 많이 없앴을 거라고 말입니다. 작가 자신이 히스클리프와 캐서린의 뜨거운 사랑에 매료되어, 정교하게 꽉 짜인 복수담까진 생각을 못 했던 게 아닐까 합니다. 그래서일까요. 제겐 『폭풍의 언덕』의 어떤 부분은 그냥 평범하게 읽히고 또 어떤 부분은 놀랍도록 아름답게 느껴지더군요. 복수담은 그저 그랬고, 러브스토리는 내내 가슴을 쿵쿵 때렸습니다.

『폭풍의 언덕』은 빈 부인이라는 가정부가 록우드에게 설명해주는 방식으로 이야기가 전개됩니다. 군데군데 답답하더군요. 소설가가 전체를 장악하여 삼인칭 전지적 작가 시점으로 이야기를 풀어버리면 어땠을까 싶기도 했습니다. 『전쟁과 평화』처럼 유장하게 그리는 것이죠. 하다못해 히스클리프나 캐서린의 시선으로 소설이 전개되었다면, 더 농밀한 소설이 되지 않았을까 하는 상상을 해봅니다. 어떤 소설을 놓고 내 식대로 요리조리 뜯어보는 것, 이건 어쩌면 소설가의 직업병일지도 모르겠습니다.

어쨌든 제겐 『폭풍의 언덕』이 취한 이야기 전개 방식에 불편함을 느낍니다. 빈 부인의 시선으로만 이야기를 짜니까 구멍들이 생기는 것이죠. 히스클리프가 캐서린과 사랑에 빠집니다. 그렇지만 캐서린이 에드거 린튼의 청혼을 승낙하자, 히스클리프는 사라지지요. 그리고 굉장히 멋진 모습으로 귀향합니다. 그런데 히스클리프가 어디에서 어떤 과정을 거쳐 하층민의 가난과 고통에서 멀어졌는가가 『폭풍의 언덕』에는 설명되지 않습니다. 화자인 빈 부인도 몰랐던 것이지요. 그러니까 독자는 남자주인공의 엄청난 변화를 보고도 그 이유를 모른 채 이야기를 따라갈 수밖에 없습니다. 속도도 빠르고 너무 거친 느낌이 들지요.

저는 오직 캐서린만을 바라보는 히스클리프의 관점에서 그 떠남과 돌아옴의 과정을 헤아려보려고 합니다. 제가 밑줄을 그은 문장도 이 대목에서 가장 많습니다. 복수를 다룬 부분은 다음에 또 기회가 있으면 살필까 합니다.

히스클리프의 격정은 에밀리 브론테만의 것입니다. 폭발하는 힘은 폭풍을 묘사하는 장면에서 여실히 드러나지요.

자정까지도 우리는 앉아 있었는데 그때 그 언덕 너머로 폭풍이 맹렬히 불어왔어요. 천둥뿐만 아니라 바람도 사나웠고, 그 어느 쪽인지 집 모퉁이에 선 나무를 마구 부러뜨렸어요. 커다란 가지 하나가 지붕에 떨어져서 동쪽 굴뚝 한 모서리가 무너졌고, 돌이며 검댕이 부엌 난로 속으로 와르르 떨어졌답니다.

우리는 벼락이 우리 한복판에 떨어진 줄 알았지요. 조셉은 무릎을 꿇고 하나님께 죄 있는 자는 벌하시더라도 족장인 노아와 롯을 생각

제발 당신을 볼 수 없는
이 지옥 같은 세상에
나를 버리지만 말아줘

아! 견딜 수가 없어!
내 생명인 당신 없이는 못 산단 말이야!
내 영혼인 당신 없이는
난 살 수 없단 말이야!

하시어 옛날처럼 바르게 사는 자들은 살려주십사고 기도를 드렸어요.
저도 그것이 정녕 우리에 대한 심판일 거라는 생각까지 들더군요.

140-141쪽

히스클리프가 마을을 떠날 것임을 날씨로 암시하고 있지요. 그렇게
폭풍과 함께 사라진 히스클리프가 산뜻한 모습으로 나타납니다.

그때 난롯불과 촛불이 환한 곳에서 보니 히스클리프의 달라진 모
습은 정말이지 깜짝 놀랄 정도였답니다. 그는 키가 크고 튼튼하고 균
형이 잘 잡힌 사람이 되어 있어 그 옆에 선 우리 주인은 아주 가냘픈
소년 같아 보였지요. 히스클리프의 곧은 자세는 군대라도 다녀오지
않았나 하는 생각이 들게 했어요. 그의 표정과 얼굴 윤곽은 린튼 서
방님의 얼굴보다도 훨씬 나이 들어 보이고 총명해 보였으며 옛날의
천했던 티는 조금도 남아 있지 않았어요. 미개인과 같은 사나움은 아
직도 찌푸린 미간과 음울한 열정으로 불타는 두 눈에 숨어 있었지만
별로 두드러지지는 않았지요. 그의 태도에는 위엄까지 배어 있었고,
우아하다고 하기에는 너무 준엄했지만, 거친 점은 말끔히 가셔 있었
답니다.

158쪽

캐서린은 돌아온 히스클리프를 보자 마음이 흔들립니다. 히스클리프
는 뒤늦게 그미를 향한 마음을 불태우지요. 빈 부인에게 캐서린을 되찾
을 수 있도록 도움을 청합니다. "캐서린만 상관 않는다면 나는 당장 그
의 심장을 찢어발겨서 피를 들이마실 거야."(243쪽) 하면서 캐서린과 결

혼한 린튼에 대한 미움을 드러내고, 캐서린이 "린튼을 한 번 생각하는 동안에 나를 천 번이나 생각하고 있다"고 주장하지요. "그의 80년 동안의 사랑은 내 하루 동안의 사랑에도 미치지 못해." 하고 확신합니다. 그리고 병들어 죽어가는 캐서린을 직접 만나서 격정을 토로하지요.

> "이제야 당신이 얼마나 잔인하고 위선적이었는지 알겠어. 왜 나를 경멸했지? 왜 당신 마음을 배반했어. 캐시? 나로선 위로할 말이라고는 한마디도 없어. 당신에게는 그래 마땅해. 당신은 자기 마음을 죽인 거야. 그래, 나에게 입 맞추고 울려면 울어도 좋아. 나의 입맞춤과 눈물을 빼앗으려면 빼앗아도 좋아. 그러면 당신은 더욱 시들 것이고, 자신을 저주하게 될 거야. 당신은 나를 사랑했어. 그러면서도 무슨 권리로 나를 버리고 간 거지? 무슨 권리로? 대답해봐." 263쪽

히스클리프는 캐서린을 위로하고 용서하기보단 자신을 배신한 캐서린, 다시 사랑을 꽃피우지 못하고 죽어가는 캐서린에 대한 집착을 거칠게 드러낼 뿐이지요. 아니, 어쩌면 이것이 히스클리프가 자신의 못다 한 사랑을 표현하는 방식일지도 모릅니다. 겉모습은 단정한 신사의 모습을 갖췄지만, 그 마음은 여전히 폭풍의 언덕을 닮은 것이죠. 캐서린이 죽었다는 소식을 듣자, 히스클리프는 망자를 향해 귀신이 되어 돌아오라는 소리까지 내뱉습니다.

> 난 한 가지만 기도하겠어. 내 혀가 굳어질 때까지 되풀이하겠어. 캐서린 언쇼! 당신은 내가 살아 있는 동안은 편히 쉬지 못한다는 것

을! 당신은 내가 당신을 죽였다고 했지. 그러면 귀신이 되어 나를 찾아오란 말이야! 죽은 사람은 죽인 사람에게 귀신이 되어 찾아온다면서? 난 유령이 지상을 돌아다닌다는 것을 알고 있어. 언제나 나와 함께 있어줘. 어떤 형체로든지, 차라리 나를 미치게 해줘! 제발 당신을 볼 수 없는 이 지옥 같은 세상에 나를 버리지만 말아줘. 아! 견딜 수가 없어! 내 생명인 당신 없이는 못 산단 말이야! 내 영혼인 당신 없이는 난 살 수 없단 말이야!   274쪽

소설의 첫 부분으로 돌아가볼까요. 록우드가 처음 이 집에 왔을 때 집으로 들어가게 해달라는 목소리를 듣습니다. 그 목소리는 자기 자신을 캐서린 린튼이라고 밝히기까지 하지요. 그러니까 캐서린이 죽고 나서 정말 귀신이 되어 벌판을 떠돌고 또 이 집에 들어오려고 찾아온 겁니다. 오싹하지 않으십니까.

히스클리프의 집착은 여기서 한 걸음 더 나아갑니다. 린튼이 죽은 후 히스클리프는 그의 무덤으로 갑니다. 린튼을 애도하기 위해서가 아니라, 십팔 년 만에 캐서린의 얼굴을 보기 위해서입니다.

"내가 어제 한 일을 이야기해주지! 린튼의 무덤을 파고 있는 교회 머슴을 시켜 캐서린의 관 뚜껑에 덮인 흙을 치우게 하고 관을 열어보았어. 언젠가 나도 거기에 묻혔으면 하고 생각한 일이 있었거든. 다시 그녀의 얼굴을 보니 예전 그대로이더군.   478쪽

확실히 정상적인 심리 상태는 아닙니다. 『폭풍의 언덕』의 히스클리프

도 또 캐서린도 흘러넘치는 인물들이지요. 한 사람이 한 사람을 사랑할 때 그 경계가 어디까지인가는 오랫동안 계속 논의되는 문제입니다. 당대의 도덕이나 법의 테두리를 벗어나지 않는 사랑도 물론 있겠지요. 그러나 히스클리프처럼, 그 경계를 훌쩍 넘어버리는 행동을 하는 인물을 만나면, 과연 이것까지도 사랑일까 하는 질문을 던질 수밖에 없습니다. 당신에겐 이처럼 죽음까지도 뛰어넘고 싶은 사랑을 한 적이 있으신가요. 당신은 히스클리프의 사랑을 받아들일 수 있으신가요.

『불멸』

오늘은
밀란 쿤데라의 장편소설『불멸』
입니다.

저는 이 소설을 일곱 번 읽었습니다. 민음사 판으로 두 번 읽었고요, 그 전에 청년사 판으로 다섯 번 읽었습니다. 읽어도 줄거리 요약이 안 되는 그런 소설입니다.

세상에는 두 종류의 소설이 있는 것 같습니다. 하나는 칼 같은 소설입니다. 갈등을 계속 증폭시켜 어느 순간 폭발하는 소설이지요. 쿤데라의 소설은 김밥 같은 소설입니다. 끊임없이 인물과 사건을 둘둘 말지요. 말다보면 어디가 처음이고 어디가 끝인지 알 수가 없습니다. 『불멸』도 어디가 시작이고 어디가 끝인지 도무지 알 수 없는 상태입니다. 그래서 다양한 해석이 가능한 것이지요. 시작점을 어디로 잡느냐에 따라 『불멸』은

A로도 해석될 수 있고 B로도 해석될 수 있고 C로도 해석될 수 있습니다. 소설가들은 종종 방에 누워 빈둥거리면서 이런 구상을 하지만, 정말 쓰는 건 어렵습니다. 시작도 끝도 없이 마는 것 같지만, 소설가는 적어도 이렇게 말려들어가는 이야기의 효과와 의미를 알아야 하니까요.

소설가들은 작중인물을 완전한 상상으로 정하기도 하지만 주위의 실존 인물들을 통해 뽑아내기도 합니다. 유명한 영화배우를 보면서 잡을 수도 있고, 동네 아낙에게서 인물을 정하기도 하지요. 소설가가 그를 알든 모르든 상관 없습니다.

『불멸』은 수영장에서 손짓하는 육십오 세쯤 되는 할머니의 손짓을 보다가, 아녜스, 이 소설의 주인공은 아녜스야! 이렇게 마음먹게 됩니다. 쿤데라가 말하기를, 사람은 많되 몸짓은 별로 없다고 합니다. 지구 상에 수십 억 명의 사람이 살지만 그 사람들이 할 수 있는 몸짓은 몇 개 안 된다는 겁니다. 정형화의 일종입니다. 첫사랑의 여인이 잘 짓던 미소가 있다고 칩시다. 오 년쯤 지나서 딴 여자가 똑같은 미소를 짓고 있다면 어떤 기분일까요. 우선 깜짝 놀라겠죠. 그런데 자세히 보면 그 여자가 아닌 겁니다. 그런데 사람들은 여기서 착각을 한다는 거예요. 저 여자가 내 첫사랑하고 똑같은 미소를 짓기 때문에, 저 여자도 내 첫사랑과 같은 영혼을 지녔을 것이다. 그래서 접근하게 되죠. 그렇지만 만나서 이야기를 나눠보면 전혀 아닌 경우가 대부분입니다. 그래서 항상 사람은 많되, 몸짓은 별로 없다고 합니다.

『불멸』은 세 가지 층위로 이야기가 전개됩니다.

첫 번째 층위는 이야기를 쓰고 있는 쿤데라가 친구인 아베나리우스

교수와 소설에 대하여 이야기를 나누는 겁니다. 소설가들이 많이 하는 짓이죠. 요즘은 이메일을 통해 여러 지인들과 의견을 주고받습니다. 쓰고 있는 소설을 구상 단계에서, 초고를 쓰는 도중에, 초고를 완성하고, 퇴고 중에 보여주기도 하지요. 이 초고가 어떻느냐고 물어보면, 이걸 이렇게 저렇게 고치라고 하고, 그걸 왜 그렇게 고쳐야 되느냐고 다시 물으면, 우리 동네에 이 초고와 비슷한 사건이 있었는데 초고와는 달리 저런 식으로 끝났어, 이런 충고를 하기도 합니다. 그러면 소설가는 그 충고에 따라 초고를 고치기도 하고 혹은 그 충고가 마음에 들지 않는다면 그냥 자기 식으로 가보기도 하지요. 이런 과정 자체를 쿤데라는 『불멸』이란 소설에 천연덕스럽게 넣어놓았습니다. 이것이 『불멸』을 감싸는 가장 바깥 층위입니다.

두 번째 층위는 쿤데라가 만들어낸 인물인 아네스라는 여자, 아네스의 여동생 노라, 두 여자가 같이 사랑하는 폴이라는 남자에 관한 이야기입니다. 원래 아네스와 폴이 부부지간이었는데, 훗날 아네스가 죽자 폴은 처제인 노라와 다시 결혼합니다. 이 과정에서 빚어지는 여러 가지 사건들을 쿤데라는 남녀의 만남과 결혼과 이별과 또다른 결혼으로 풀었습니다.

마지막이자 가장 깊은 층위는 괴테와 베티나입니다. 괴테를 좋아하는 이들에겐 유명한 일화입니다. 괴테와 베티나의 사랑 아닌 사랑이야기입니다. 이건 뒤에서 좀 더 자세히 다루겠습니다.

이렇게 세 층위가 왔다 갔다 하면서 연결되지요. 인물과 인물로 연결되기도 하고 이미지와 이미지로 연결되기도 하고 단어와 단어로도 연결됩니다. 똑같은 방식으로 연결되면 재미가 없을 텐데, 수수께끼를 풀듯이 다양한 방식으로 소설이 전개되지요. 가령 이번에는 인물로 이어질까 했는데 갑자기 잠언으로 연결되고, 잠언일까 했는데 갑자기 소도구로 연결되는 식입니다.

이 소설의 주제는 제목과 같이 '불멸'입니다. 쿤데라가 생각하는 불멸은 둘로 나뉘지요.

불멸 앞에서 사람들은 모두 평등하지 않다. 작은 불멸, 말하자면 생전에 알고 지낸 사람들의 기억에 남는 어떤 인물에 대한 추억(모리비아 마을의 그 시장이 꿈꾸던 불멸)과 큰 불멸, 즉 생전에 몰랐던 이들의 머릿속에도 남는 어떤 인물에 대한 추억은 구분되어야 한다. 사실 어느 날 갑자기 한 사람을, 도무지 사실 같지 않고 있음직하지 않은, 그러면서도 이론의 여지 없이 가능한 그런 엄청난 불멸에 맞닥뜨리게 하는 생애들이 있다. 바로 예술가와 정치가의 생애가 그렇다.

82쪽

쿤데라는 또한 주장합니다. 큰 불멸 중에서는 아주 진지한 불멸도 있지만 굉장히 우스꽝스러운 불멸도 있다는 겁니다.

티코 브라헤는 위대한 천문학자였지만, 오늘날에는 프라하 황궁에서 일어난 그 유명한 식사 사건 외에 우리 기억에 남아 있는 것은 하나도 없다. 그는 식사 도중 화장실에 가고 싶은 욕구를 점잖게 참다가 기어이 방광이 터지고 말았는데, 이로써 그 수줍음과 오줌의 순

"지금 이 순간의 우리란
한 소설가의 헛된 환상일 뿐임을
당신도 잘 알잖습니까.
아마도 우리가 절대 내뱉지 않을 말을,
자기 자신이 하고 싶은 말을
우리더러 지껄이게 하는
소설가 말입니다."

교자는 곧장 우스꽝스러운 불멸자들의 일원이 되고 말았다.　84쪽

　　우스꽝스러운 불멸 중 백미는 괴테와 베티나의 사랑이야기입니다. 괴테가 젊은 시절 좋아했던 여자가 있는데, 그 여자와의 사랑은 이루어지지 않았습니다. 시간이 흘러갔지요. 그미는 결혼을 해서 딸을 하나 뒀습니다. 그 사이 괴테는 점점 유명해져서 독일을 대표하는 작가가 됐지요. 엄마가 딸한테 자주 옛날 남자친구인 괴테 이야기를 했겠죠? 이 추억담을 거듭 들은 베티나는 엉뚱한 생각을 품게 됩니다. 괴테에게 자신이 매우 특별한 존재라고 믿게 된 것이죠. 내가 괴테 선생을 찾아가면, 예전에 사랑했던 여자의 딸이구나, 이렇게 생각하면서 잘 대해줄 거라고 여긴 거예요. 괴테를 만났을 때 베티나는 처음부터 친밀함이 지나칩니다. 거리를 유지하지도 않고 괴테의 무릎 위에 앉으려 듭니다. 괴테는 베티나의 접근을 막으려고 고민하지요.

　　그런데 이 즈음 베티나가 베토벤도 만납니다. 베토벤은 괴테에 비하자면 베티나를 무척 잘 대해줬나 봅니다. 괴테가 죽고 나서, 베티나는 갑자기 자기가 베토벤과 괴테가 같이 있는 풍경 하나를 기억한다고 밝히지요. 베토벤과 괴테가 산책을 나갔는데, 귀족들을 만났다는 것이죠. 그 귀족들 앞에서 괴테는 공손하게 모자를 벗어 시종처럼 가슴에 댔었고, 베토벤은 모자를 깊이 눌러쓰고 눈을 가린 채 당당하게 앞으로 지나갔다는 겁니다. 이 이야긴 곧 소문이 납니다. 괴테는 귀족들한테 아부하는 작가고 베토벤은 귀족들 앞에 당당한 음악가라는 식이죠. 훗날 많은 작가들이 이 일화에 근거해서 논문과 소설과 시를 남깁니다.

　　베티나는 또한 괴테와 자기가 사랑하는 사이였다고 계속 주장했습

니다. 연애편지들을 묶어 나중에 책으로 냈지요. 그런데 최근에 그 책에 수록된 편지의 원본들이 발견되었습니다. 책의 내용과 원본을 비교해보니 차이가 큰 겁니다. 가령 괴테는, 얘야, 공부 열심히 하고 있느냐, 이 정도로 인사를 했는데, 베티나는 '사랑하는 베티나에게, 당신을 그리워하오' 이런 식으로 뜻과 느낌이 전혀 다르게 윤문을 해버린 겁니다. 왜냐하면 베티나에겐 괴테라는 남자의 사랑을 얻는 것보다 괴테의 연인이었다는 불멸을 얻는 것이 중요했으니까요. '괴테의 연인'으로 영원히 남기 위해 편지를 조작한 겁니다.

여기서 한 가지 흥미로운 대목은 베티나가 책을 출간한 후 왜 원본인 연애편지들을 불태우지 않았을까 하는 겁니다. 그걸 태워 없었다면 조작의 물증이 사라지는 겁니다. 쿤데라는 설명합니다. 연애편지를 불태우지 않은 것은, 내가 내일 죽으면 어떻게 하지, 이런 걱정을 하지 않아서라고요. 적어도 내가 십 년은 더 살겠지, 그 십 년 동안은 연애편지를 간직할래! 이렇게 여겼다가 편지들을 없애지 못하고 죽어버린 거죠. 결국 베티나는 연애편지를 조작한 여자로 낙인찍혀 우스꽝스럽게 불멸하게 되었습니다.

괴테와 베티나의 이야기와 아네스와는 어떻게 연결될까요.

괴테에겐 노동자 출신의 멋진 아내 크리스티아네가 있지요. 베티나는 남편인 시인 폰과 함께 괴테를 찾아옵니다. 그들은 합석하지요. 그 자리에서도 베티나는 괴테에 대한 흠모의 정을 공공연하게 드러냅니다. 괴테에게 와서 무릎에 앉고 팔을 잡고 매달리지요. 크리스티아네는 너무 화가 납니다. 그래서 베티나를 힘으로 제지하려고 옥신각신하다가 베티나의 안경이 떨어져 박살이 납니다. 그때부터 베티나는 한을 품은 거예요. 그래서 돌아다니며 크리스티아네에 대한 험담을 늘어놓습니다. 괴테 선생님은 참 불쌍하시다, 악처 크리스티아네 때문에 만날 이 고생 저 고생을 하신다. 이 소문이 널리 퍼져 지금까지도 사람들은 크리스티아네를 악처로 여긴다는 겁니다.

아네스로 돌아가볼까요. 아네스와 로라는 자매인데도 삶을 대하는 태도가 굉장히 다릅니다. 아네스는 마이너스형 인간이지요. 계속 숨습니다. 자신의 존재를 숨김으로써 드러내는 방식을 취하죠. 로라는 자신을 계속 드러냄으로써 숨는 방식을 택합니다. 둘은 정반대의 삶인 것이죠. 둘 다 선글라스를 쓴다고 칩시다. 아네스는 자기의 표정을 감추려고 쓰는 것이고요. 로라는 저렇게 멋진 선글라스를 쓴 여자가 누구지? 라고 다른 사람들이 궁금해하며 돌아봐주기를 원하며 쓰는 거예요. 그런데 두 자매가 폴을 두고 다투다가 선글라스가 깨집니다. 그 순간 폴이 아네스를 미워하게 되고 로라한테 마음이 확 기웁니다.
괴테 시절에 베티나와 크리스티아네가 다퉈 안경이 깨지는 것과 아네스와 로라가 다퉈 선글라스가 깨지는 게 중첩되는 것이지요. 안경이 선글라스 정도로만 바뀐 것의 차이입니다. 동일한 물건을 두고 시공을 초월하여 두 사건을 병치시킨 겁니다. 이런 방식이 왜 가능하고 또 유효할까요. 처음에 쿤데라는 사람에게 몸짓이 많지 않고, 전혀 다른 사람이 다른 상황에서 똑같은 몸짓을 쓰기도 한다고 밝혔습니다. 마찬가지로 인간이 자기자신의 특징을 드러낼 수 있는 소도구도 몇 천 년이 흘렀지만 정해져 있지요. 기껏해야 안경과 옷 그리고 액세서리 정도 아니겠습니까. 소도구들이 정해져 있으니 그걸 어떻게 이용하느냐는 것도 사람들이 아는 겁니다. 모자를 깊이 눌러썼다는 의미도 알고 모자를 벗었다는 의미도 아는 것이죠. 안경을 평생 쓰는 사람들에겐 안경이 떨어져 깨지는 것이야말로 참기 힘든 치욕입니다.

대부분의 소설가들은 이런 식의 물건을 통한 비약을 세세히 밝히지 않습니다. 소설 속에 그런 자리도 마련되어 있지 않는 경우가 대부분이지요. 그런데 『불멸』에서는 이런 것들만 따로 논의하는 층위가 하나 더 있는 것입니다. 저 장면을 왜 그렇게 썼느냐고 아베라니우스 교수가 작중 소설가 쿤데라에게 물어봅니다. 그러면 쿤데라가 답을 해주지요. 흥미로운 건 대화를 나누던 두 사람이, 우리 여기서 왜 이러고 있지요, 소설 속에서 이런 대화를 나눈다는 게 말이나 됩니까? 라고 질문을 던진다는 겁니다.

제가 『불멸』에서 반복해서 읽는 대목이 헤밍웨이와 괴테가 죽어서 만나는 대목입니다. 괴테는 세상 사람들이 떠들어대는, 그러니까 베티나를 비롯한 지인들이 만들어 퍼뜨린 자신에 대한 이미지에 큰 관심이 없고 자신은 그 이미지 속에 있지도 않다고 답합니다. 그런 태도에 대해 헤밍웨이가 몰아세우고 또 괴테도 반박합니다.

"정말, 당신 말을 그대로 믿고 싶군요. 하지만 이걸 좀 해명해주시지요. 당신의 이미지가 당신과 전혀 무관하다면, 어째서 당신은 생전에 이미지에 그토록 많은 정성을 쏟았지요? 왜 에커만을 집으로 초대했습니까? 왜 『시와 진실』을 썼지요?"

"어니스트, 나 역시 당신만큼이나 우스꽝스러웠다는 걸 당신도 인정해주십시오. 자기 이미지에 대한 염려, 그건 어찌할 수 없는 인간의 미숙함 아니겠습니까. 자기 이미지에 무심하기란 얼마나 힘든 일입니까! 그런 정도의 무심함은 인간의 한계를 넘어서는 겁니다. 인간은 죽은 뒤에나 그런 걸 알죠. 죽었다고 해서 즉시 얻을 수 있는 것도 아니에요. 죽은 후에도 오랜 세월이 필요합니다. 당신은 아직 거기에 이르지 않았어요. 당신은 아직 어른이 아니지요. 한데, 당신은 이제…… 죽은 지 얼마나 됐지요?"

"이십칠 년입니다."

"정말 멀었군요. 아직 적어도 이삼십 년은 더 기다려야 합니다. 그때나 되어야 아마 당신도 인간이 멸하는 존재임을 이해할 것이고, 이를 바탕으로 여러 결론을 도출할 수 있을 거예요." 346–347쪽

헤밍웨이가 괴테를 밀어붙입니다. 이미지를 조작한 건 베티나뿐만이 아니지 않는가. 괴테 당신도 당신의 이미지를 멋지게 만들려고 『시와 진실』이라는 자서전도 썼고, 에커만이라는 청년을 초대하여 천 번이나 만나주면서 『괴테와의 대화』라는 책도 내게 하지 않았는가. 『괴테와의 대화』에서는 먼저 죽은 실러를 동정하는 척하면서도 실러보다는 괴테 자신이 훨씬 뛰어나다는 자기자랑을 군데군데 심어두지 않았는가. 괴테의 대답이 솔직하면서도 신랄합니다. 살아 있을 때는 솔직히 이미지에 대한 염려가 컸다. 『라이프』 기자들 앞에서 영화배우처럼 사진을 찍히던 헤밍웨이 당신이라면 내 심정을 알지 않느냐. 나보다 당신이 훨씬 이미지 조작을 심하게 하고 또한 즐기지 않았느냐.

결국 헤밍웨이와 괴테는 똑같은 짓을 한 겁니다. 그리고 둘은 또한 자신들이 『불멸』이란 소설에 등장해서 시간을 허비하는 이유도 압니다.

> "지금 이 순간의 우리란 한 소설가의 헛된 환상일 뿐임을 당신도 잘 알잖습니까. 아마도 우리가 절대 내뱉지 않을 말을, 자기 자신이 하고 싶은 말을 우리더러 지껄이게 하는 소설가 말입니다." 348쪽

쿤데라가 다 시켜서 하는 짓이란 겁니다. 우린 이미 죽었고 무덤 속에서 영원히 쉬어야 하는데, 이렇게 만나 우스꽝스러운 대화를 하는 건 쿤데라가 우리를 불러냈기 때문이라는 결론이지요. 세 층위의 인물들은 자신의 역할에 충실하다가도, 이것이 소설이란 걸 문득문득 지적합니다. 김밥에 말린 인물들이 이 속에 자신을 밀어넣은 자의 손길을 기억한다고나 할까요.

쿤데라로부터 구상 중인 작품을 듣던 아베나리우스 교수는 이해가 잘 안 된다며 무슨 소설을 쓰고 싶냐고 묻지요. 쿤데라는 내가 써본 것 중에서 가장 슬픈 사랑이야기가 될 거라고 답합니다.

> 아베나리우스는 잠시 어색한 침묵을 지키다가 상냥하게 물었다.
> "그 소설의 제목은 뭔가?"
> "참을 수 없는 존재의 가벼움."
> "아니, 그 제목은 이미 써먹지 않았는가."
> "그래. 써먹었지! 하지만 그때 난 제목을 잘못 달았어. 그 제목은 지금 쓰는 소설에 붙여야 했어." 382쪽

불멸

지금 쓰고 있는 소설에 딱 맞는 제목이 떠올랐으나 그 제목은 벌써 자신의 전작에 써버려 낙담하는 소설가 밀란 쿤데라. 이것은 어쩌면 또 하나의 우스꽝스런 불멸로 남을지도 모르겠습니다. 오늘은 이 정도로 하고 뒤풀이 삼아 김밥 먹으러 가실까요.

『아름다운 애너벨 리 싸늘하게 죽다』

오늘은
오에 겐자부로의 장편 『아름다운 애너벨 리 싸늘하게 죽다』
입니다.

제목부터 참 멋진 소설이지요. 이 소설은 가슴으로 쓴 겁니다. 인생에 관해서 노대가가 자기의 세기, 20세기를 이야기하는 작품이지요. 읽고 나서 가슴이 한동안 먹먹했습니다. 특히 지금 소설을 쓰고 있는 이들이 꼭 읽어야 할 작품입니다. 소설이라는 건 정말 인생을 걸고 할 만하구나, 한 오십 년 하면 이런 경지에 도달할 수 있구나 하는 깨달음을 얻게 되지요.

이 소설은 겐자부로 스스로 등단 50주년을 자축하는 소설이기도 합니다. 가수들의 50주년 기념 공연은 좀 봤지만 50주년 기념 소설은 처음 읽어봅니다. 50년 동안 소설을 써온 사람은 자기의 인생을 어떻게 말할까, 그게 무척 궁금했지요. 최근에 우리나라에서도 성장소설들이 꽤 나오고 있습니다만, 젊은 날을 회고하는 소설 형식을 갖춘 다른 소설들보다 이 작품은 두세 단계 정도 더 수준이 높은 것 같습니다. 모름지기 성장소설은 이렇게 써야 한다는 생각까지 들게 만드니까요.

누구나 다 자기 삶을 지탱하는 버팀목이 있는 것 같습니다. 당신의 삶을 지탱하는 걸 하나만 꼽아봐라, 라고 요구한다면, 어떤 사람은 책을 어떤 사람은 돈을 어떤 사람은 가족을 꼽겠지요. 오에 겐자부로에게 생의 버팀목은 에드거 앨런 포가 지은 「애너벨 리」라는 시입니다.

이 시를 중심으로 삼십 년 전에 일어났던 사건을 다룹니다. 또 그 위에 겐자부로가 대학에 갓 들어와서 작가생활을 시작할 때의 장면들이 겹치지요. 노년이 된 현재로부터 젊은 날을 향한 회상이 펼쳐지는 형국입니다. 다르게 살피자면 이 책은 과거와 현재 혹은 나와 아들의 선문답으로도 볼 수 있습니다. 이런 식이지요. 겐자부로가 삼십 년 만에 고모리 다모쓰라고 하는 친구를 만납니다. 고모리가 뭐라고 말하느냐 하면 "What! are you here?" 이렇게 영어로 묻습니다. 겐자부로가 이걸 듣자마자 "뭐야, 자네는 이런 곳에 있었나…… 라는 건가"라고 하자, 고모리는 "바로 그 대사가 되돌아올 줄 알고서 한번 말해본 거야"라고 하지요. 엘리엇의 시 「리틀 기딩(Little Gidding)」의 한 구절로, 두 사람은 니시와키 준자부로의 번역으로 이 시를 젊은 시절 읽은 겁니다. 동년배에 비슷한 취향을 지닌 자들만이 아는 일종의 신호인 것이지요. 우리도 그렇잖아요. 젊은 날 좋아했던 외국 시인이 같다는 것을 발견한 다음엔, 이 사람이 번역한 게 뛰어나 저 사람의 번역이 뛰어나, 즐겁게 다투며 행복한 미소를 짓는 시간. 두 사람이 지금 그렇게 하고 있는 겁니다. 뭐니뭐니해도 엘리엇은 니시와키 준자부로의 번역이 좋다며 서로의 젊은 날을 어루만진다고나 할까요. 그 시의 후반부는 이렇습니다.

> 햇빛에 그을린 그 갈색 얼굴 속에
> 친근감과 함께 확인할 수 없으나
> 유령의 친밀한 복합적 눈빛이 있었다.
> 그래서 나는 일인이역이 되어, 소리쳤다.
> 그리고 상대방이 외치는 소리를 들었다 ―
> "뭐야, 자네는 이런 곳에 있었나?"
> 우리는 없었지만.   15쪽

그리고 그 시 아래 겐자부로가 첨언합니다. '나는, 맞다, 고 생각했다. 우리는, 자신들을 우리라 부를 수 있는 감정적 관계와 지리적 위치에 있지 않았다. 삼십 년이라는 긴 시간 동안.'

이것이 삼십 년 만에 만난 두 친구가 "What! are you here?"라고 묻고, 다른 친구가 니시와키 준자부로의 번역투로 '뭐야, 자네는 이런 곳에 있었나?'라고 받아칠 수 있었던 까닭입니다. 교감하면서 한 시절을 보낸 이를 오랜 세월이 흐른 뒤에 재회하면 이런 느낌이지 않을까요. 이름이나 별명을 부르는 건 재미가 하나도 없죠. 둘만 아는, 같이 읽고 좋아했던 영시를 던지고 상대가 곧장 받아준다면, 그건 세월과 상관없이 여전히 마음이 통한 것입니다. 삼십 년을 구구하게 주저리주저리 설명할 필요 없는 겁니다.

겐자부로에게는 자폐와 간질 증세를 앓는 히카리라는 아들이 있습니다. 겐자부로는 이 아들의 뒷수발을 하며 문학세계가 성숙해갑니다. 그가 쓴 자전적인 소설과 에세이를 살펴보면, 아들과 어떻게 하면 교감할까라는 고민이 아주 감동적으로 그려져 있습니다. 히카리는 음악가로 성장하지요. 그런데 고모리와 엘리엇의 시로 인사를 나누기 며칠 전, 겐자부로는 시내에서 곤란한 일을 겪습니다. 히카리가 시내 한복판에서 쓰러져버립니다. 겐자부로는 아들이 쓰러지는 것을 그동안에도 많이 겪었기 때문에 오 분 후, 아들이 발작을 끝내고 깰 때까지 곁에 머물며 기다립니다. 이 광경을 고모리가 전부 보고 있었던 것이죠. 시선이 마주쳤을 때, 겐자부로는 생각합니다. 젊어 보이려고 갖은 치장을 했지만 늙음을 감추지 못한 저 사람을 아는데 누구더라? 그리고 토마스 하디의 『미천한 사람 주드』라는 책의 한 구절을 떠올립니다.

연령이 테마인 가장무도회에서 '소년'으로 분장한 노인 같았다. 그러나 연기가 너무 엉성해서 그의 진짜 모습이 곳곳에서 드러났다.

25쪽

재회한 후에 고모리가 그 구절을 따져 물었지만, 겐자부로는 슬쩍 넘어가버리고 맙니다. 문학작품을 통해 재회의 인사를 하고 문학작품을 통해 사람에 대한 인상을 되살려내는 식이죠. 고모리와 겐자부로에겐 삼십 년 전에 도대체 무슨 일이 있었던 걸까요.

삼십 년 전에 고모리는 뛰어난 영화 제작자였습니다. 고모리는 『미하엘 콜하스의 운명』이라는 소설을 영화로 만들고 싶어서, 그 시나리오를 겐자부로에게 맡깁니다. 먼저 『미하엘 콜하스의 운명』이 어떤 작품인지 잠깐 훑어보고 넘어갈까요. 클라이스트라는 독일 사람이 쓴 소설로 법학 강의 시간에 많이 거론되는 작품이기도 합니다. 공적인 법이 집행되지 않을 때 사사로운 복수는 정당한 것인가 하는 질문을 던지는 작품이죠. 미하엘 콜하스가 자신의 말을 지주에게 빼앗깁니다. 그런데 지주가 보상을 안 하는 겁니다. 콜하스는 화를 참지 못하고 복수를 꿈꾸다가 봉기까지 일으키지요. 나중에 마르틴 루터까지 개입해서 재판을 하는데, 결국 콜하스는 죽게 됩니다.

이 드라마틱한 이야기를 삼십 년 전에 아시아판으로 구상했던 겁니다. 아시아판은 동학 농민전쟁에 콜하스의 이야기를 대입시켜 영화로 만들려고 했더군요. 그 영화의 시나리오는 김지하 선생이 쓰고 말입니다. 그런데 김지하 선생이 감옥에 잡혀 들어가는 바람에 이 계획은 무산됩니다. 그래서 아시아판을 일본을 배경으로 만들면 어떨까 고민하게 되지요. 오에 겐자부로가 『미하엘 콜하스의 운명』에 흠뻑 빠진 것을 알고 고모리가 시나리오 집필을 권유합니다. 오에 겐자부로는 시나리오를 쓴 적이 없기 때문에 주저합니다. 고모리는 이 영화의 여주인공은 사쿠라라고 못 박습니다. 사쿠라는 유명한 아역스타 출신으로, 데이비드라는 미국 군인과 함께 태평양을 건너가서 활동하였지요.

겐자부로는 사쿠라라는 이름을 듣자마자, 옛날에 마쓰야마 미국문화센터에서 사쿠라가 나왔던, 다큐도 아니고 아주 조잡한 8밀리 영화를 본 기억이 납니다. 그 영화에서 사쿠라는 애너벨 리 역할을 맡았습니다. 마지막 장면에서 애너벨 리가 하얀 옷을 입고 누워 있는데, 소녀 얼굴

아름다운 애너벨 리 싸늘하게 죽다

한 번 보여주고 애너벨 리 시 한 구절 읽고 다시 얼굴 보여주고 시 한 구절 읽고 했다는 겁니다. 마지막까지 보고 싶었는데, 그 영화의 촬영기사가 겐자부로는 어리니까 나가라고 한 뒤 형만 보여줬다는 겁니다. 겐자부로는 항상 끝이 궁금했지요. 시간이 지나서 겐자부로는 형이 가지고 있던 어떤 책을 보게 됩니다. 그 사쿠라의 사진이 있었는데, 나체사진이었지요. 그게 워낙 강렬하게 겐자부로의 뇌리에 남아 있었던 겁니다. 그 기억을 사쿠라한테 털어놓지는 못한 상태에서 겐자부로는 고모리를 통해 사쿠라를 소개 받고 함께 시나리오를 의논하게 됩니다.

각색이란 것이 원작과 달라지기 마련이지요. 그 차이가 보조적인 인물이나 복잡한 구성을 단순화시키는 정도에 그치기도 하지만, 때론 주인공 자체를 바꾸거나 그에 따라 새로운 이야기를 집어넣는 대수술을 감행할 때도 있습니다. 전자는 쉽지만 후자는 각색자를 힘들게 만듭니다. 겐자부로의 작업은 점점 후자로 바뀌지요.

겐자부로는 각색에 자신의 고향에서 일어난 역사적 사건을 참조하려 합니다. 메이지유신을 전후로 하여 두 번의 농민반란을 다루겠다고 합니다. 첫 번째 봉기의 지도자는 메이스케라는 인물로, 옥사합니다. 두 번째 봉기에서 '환생한 메이스케'로 불리는 인물은 어린아이입니다. 따라서 그 아이의 어머니 즉 '메이스케 어머니'라는 여자가 곁에 붙어 실질적으로 봉기를 이끌게 됩니다.

이 두 번의 봉기가 실패하면서 마을의 남자들이 대부분 죽습니다. 마을의 여자들은 연극을 만들지요. 여자만 참가하는 연극입니다. 그미들은 두 번의 봉기를 연극으로 재현하면서 노래하고 통곡하며 상처를 치유해 나갑니다. 그런데 이 연극에서는 소년이 한 명 필요하지요. 바로 '환생한 메이스케'에 나오는 소년입니다. 겐자부로는 그 역을 맡아서 연극의 한가운데로 들어갑니다. 그 기억이 하도 강렬해서 그 이야기로 각색을 해보려고 한다고 밝히지요.

이 이야기를 들은 사쿠라는 그 극에 참가했던 여자들을 만나보고 싶어합니다. 할머니는 이미 돌아가셨으니 어머니를 만나기 위해 겐자부로의 고향마을로 가게 됩니다. 사쿠라는 겐자부로의 엄마와 누이한테 고향마을 얘기를 다시 듣게 되고요.

사쿠라는 영화의 줄거리를 완전히 뜯어고치자고 제안합니다. 미하엘 콜하스라는 남자의 억울한 운명에 관한 얘기에서 미하엘 콜하스의 처의 운명으로 방향을 돌리자는 것이지요. 그미는 남편의 억울함을 법에 호소하기 위해 갔다가 얻어맞아 죽습니다. 사쿠라는 주인공을 여자로 바꾸면 이 영화에 자신의 재산을 전부 투자하겠다고 합니다. 겐자부로는 무척 혼란스러웠겠죠. 어쨌든 사쿠라의 강력한 요청에 따라 줄거리가 바뀝니다.

각색작업이 착착 진행됩니다. 사쿠라가 오에 겐자부로의 시나리오를 보고 너무 좋아하지요. 스텝도 들어오고 배우도 뽑습니다. 환생한 메이스케를 둘러싸고 소녀들이 군무를 춰야 하기 때문에, 발레를 전공한 소녀들을 따로 뽑았지요. 그러던 어느 날이었습니다. 오에 겐자부로가 히카리를 촬영장에 데리고 갑니다. 히카리가 소녀들이 발레하는 걸 보고, 흘러나오는 음악에 취해 돌아다닙니다. 스텝 중 한 사람인 필립이 히카리가 소녀들을 몰래 엿보며 그 여체에 매혹되었다고 여기고 몇 장의 사진을 찍습니다. 그런데 사실 히카리는 소녀들에겐 관심이 없고 흘러나오던 슈베르트의 음악에 심취해 있었던 것이죠. 하여튼 필립이 찍은 그 사진 때문에 학생들의 부모들은 항의를 합니다. 문제는 엉뚱한 데서 터집니다. 그 사진을 찍은 필립이 영화 외에 따로 포르노 테이프를 하나 만들고 있었던 겁니다. 이 일로 문제가 아주 심각해져서 영화를 찍지 못하는 상황까지 갑니다.

고모리랑 오에 겐자부로는 이런 상황에 실망을 하면서도 현실로 받아들입니다. 고모리는 히카리까지 구설수에 계속 오를 수 있으니 당분간 일본을 떠나서 다른 나라에 교환교수로 가라고까지 권하지요. 문제는 사쿠라입니다. 사쿠라는 영화에 너무 빠져 있어서 이 난감한 상황을 받아들이지 못합니다. 고모리와 겐자부로가 영화를 못 하게 되었다고 알려주러 가면, 그미는 계속 영화의 장면과 구성에 관해 의견을 내는 겁니다. 영화를 못 찍는다는 사실을 밝히지 못하다가, 고모리가 오늘은 꼭 얘기하겠다며 한 자리에 모이게 됩니다.

맛있게 밥을 먹은 후, 고모리는 갑자기 사쿠라가 옛날에 찍었던 애너벨 리에 관한 얘기를 꺼냅니다. 사쿠라는 몇 십 년 동안 아팠습니다. 몸이 조금만 안 좋으면 악몽에 시달렸고요. 애너벨 리 영화를 촬영할 때쯤부터 고통이 시작되었는데, 그때 무슨 일이 있었는지 정확히 기억을 못하는 겁니다. 그날 고모리가 테이프를 하나 가져옵니다. 예전에 몇 차례 상영되었던 것과는 다른 무삭제판이라는 것이죠. 그리고 그 영화를 틉니다. 겐자부로가 옛날에 봤던 장면들이 이어집니다. 그런데 어느 지점에서 갑자기 새로운 장면이 등장합니다.

마른 하복부에서 허벅지가, 스크린 가득 클로즈업된다. 치마를 입지 않은 채, 내 기억에 있는 대로 오른쪽 다리를 바깥쪽으로 벌려 허벅지 사이로 검은 점을 드러내고 있다. 그리고 검은 점은, 구멍 그 자체가 된다. 그 구멍으로 굵은 집게손가락이 들어간다. 화면은 손가락에 이어 손, 손등에 이어, 억세 보이는 털로 뒤덮여 있는 손, 그리고 두꺼운 옷소매를 드러낸다. 카메라의 각도가 바뀐다. 외투가 나무 그루터기 같은 나지막한 물체 위에(사람이 앞에 웅크린 모양이다) 걸쳐져 있다. 전라의 소녀의 허벅지 사이를 만지던 병사가 외투를 벗은 건가? 아무튼 그 외투의 등에 아까 있었던 동상의 날개가 그려져 있다……. 182쪽

데이비드가 사쿠라를 세뇌시킨 겁니다. 내가 강간한 것이 아니고 천사가 한 짓이야. 애너벨 리 시를 보면 운명이라는 것이 하늘에서 내려오거든요. 데이비드가 시 구절과 사쿠라를 성폭행한 일을 일치시킨 겁니다. 사쿠라는 세뇌를 당해 그 끔찍한 장면 자체를 기억하지 못하게 된 것이죠. 기억은 못 하지만 계속 고통스럽고 아픈 겁니다. 그걸 고모리가 들고 와서 사쿠라에게 보여준 것이죠. 사쿠라는 자리를 박차고 나가서 미칠 듯 울부짖습니다. 겐자부로는 고모리에게 저열하다며 비난합니다. 그로테스크한 장면을 본인에게 보여 충격을 준 것을 용서하지 못하지요. 고모리는 언젠가는 짚고 넘어가야 할 문제라며 맞섭니다. 어쨌든 이날 일로 고모리와 겐자부로는 결별하게 됩니다. 그리고 삼십 년이 지난 어느 날, 고모리가 찾아온 것이죠.

흥미로운 지점은 사쿠라가 오에 겐자부로의 누이와 계속 편지 왕래

235

아름다운 애너벨 리 싸늘하게 죽다

"아직 백 살까지는 시간이 있지.
소설도 주제보다는
새로운 형식을 발견하면
쓸 생각이야."
"끝까지 못 찾을 수도, 있습니까?"
"그럴 수도 있겠지."
"그래도 소설가로 살겠다는……."
"그렇게 생의 마지막을 맞이할 거다."

를 했고, 겐자부로 고향 마을의 전설을 다 모았다는 겁니다. 그리고 삼십 년 만에 사쿠라가 고모리를 찾아가서 그때 그 영화를 다시 해야겠다고, 시나리오는 겐자부로가 써줬으면 좋겠다고 한 겁니다. 겐자부로는 그 사이 거물이 되었습니다. 노벨문학상까지 받았으니까요. 시나리오 작업을 할지 안 할지 모르겠지만 일단 가서 만나보라는 권유를 받고 고모리가 나타난 겁니다.

한편 고모리는 암에 걸려 죽어가고 있습니다. 인생에서 가장 치명적인 실패가 『미하엘 콜하스의 운명』이었던 것이지요. 그때까진 매우 잘나갔는데 그 영화를 준비하면서부터 내리막길이었습니다. 오에 겐자부로에게도 미안하고 또 암에 걸린 마당에 마지막으로 영화다운 영화 한 편을 만들고 싶어 용기를 냈겠지요.

겐자부로는 삼십 년이 지난 후에도 시나리오를 어떻게 쓸까 고민에 사로잡힙니다. 겐자부로는 흔한 방식대로 시나리오를 쓰진 못하겠다고 밝히지요. 고모리는 소설가의 관점에서 완성된 영화를 보고, 그 영화를 보는 걸 소설로 써달라고 제안합니다. 가령 〈벤허〉라는 영화가 있으면 영화에 대한 시나리오를 쓰는 게 아니고 〈벤허〉를 바라본 소설가가 〈벤허〉의 내용과 만들어지기까지의 과정과 이런 것들을 삼인칭으로 써달라는 겁니다. 그 영화는 아직까지 만들어진 게 아닌 거죠. 영화가 완성됐다고 가정한 후 그걸 본다고 치고, 그 영화가 어떤 과정을 거쳐 이런 형식을 띠게 됐는지를 써달라는 겁니다. 그게 바로 이 소설 『아름다운 애너벨 리 싸늘하게 죽다』입니다. 그래서 이 작품은 시나리오화된 영화입니다. 겐자부로는 줄곧 이 작품을 '영화소설'이라고 칭하지요. 겐자부

아름다운 애너벨 리 싸늘하게 죽다

로는 이 소설의 서장에서 하키리와 앞으로 쓰고 싶은 작품에 관해 대화
를 나눕니다.

> "아직 백 살까지는 시간이 있지. 소설도 주제보다는 새로운 형식
> 을 발견하면 쓸 생각이야."
> "끝까지 못 찾을 수도, 있습니까?"
> "그럴 수도 있겠지."
> "그래도 소설가로 살겠다는……."
> "그렇게 생의 마지막을 맞이할 거다." 11쪽

　새로운 형식으로 쓴 작품이 바로 이 소설이겠지요. 또 하나 지적할
부분은 이야기의 힘에 관한 겁니다. 오에 겐자부로가 즐겨 다룬 주제는
근대적 인간의 개인적 체험입니다. 그런데 『아름다운 애너벨 리 싸늘하
게 죽다』에선 그 체험 너머로 흘러가는 이야기가 있지요. 클라이스트라
는 소설가가 쓴 『미하엘 콜하스의 운명』이 일본으로 들어오고, 오에 겐
자부로가 어린 시절 접했던 역사적 사실로 갔다가, 엄마와 할머니의 연
극으로 이어지고, 그 동네 모든 여자들이 품은 고통과 상처를 극복하는
과정으로 번진 후 마침내는 성폭행으로 고통 받은 사쿠라에게까지 깨달
음과 위로를 선사합니다. 하나의 이야기가 국경을 넘고 시간과 공간을
초월해 확장되는 과정이 이 소설에 잘 담겼습니다. 개인의 체험을 넘어
서는 무엇이 『아름다운 애너벨 리 싸늘하게 죽다』에 담긴 것이지요.

　삶이 굉장히 복잡한 것 같지만 결국엔 시 한 구절로 돌아가는 경지가

이 소설이 아닌가 합니다. 번역자인 박유하 선생의 해설 마지막에 오에 겐자부로의 고백을 옮겨놓았지요.

> "고마바 캠퍼스 시대로부터 오십수 년 지나, 이제 도착지가 확실치 않은 여행을 떠나려 하는데, 그렇게 이끈 것이 바로 이 시구(엘리엇의 「황무지」)에 지나지 않는다는 사실을 인정하자 결국 인생이란 이렇게 단순하면서도 집요한 사이클을 말하는 것이었나, 싶어 망연자실하게 된다." 237쪽

우리네 삶이 엘리엇의 「황무지」 혹은 애드거 앨런 포의 「애너벨 리」로 회귀하는 것은 무엇을 뜻할까요. 그것은 오십 년 넘게 살아온 작가의 깨달음이, 그때는 기대하지 않았으나 바로 이 시 하나로 응축된다는 고백이 아닐까요. 다시 영화를 만들고 싶어하는 사쿠라의 심정도 이 부근에서 이해할 수 있습니다. 삼십 년 전에 들었던 시코쿠 마을의 이야기를 내 인생의 마지막 영화로 삼아, 내 삶이 헛되지 않았음을 증명하겠다는 것이겠지요.

과연 이 영화를 통해 사쿠라의 깊은 상처는 치유될 수 있을까요. 겐자부로는 그 가능성을 조심스럽게 열어 보입니다. 이 소설의 종장이 바로 '달빛을 보면/ 아름다운 애너벨 리의 꿈을 꾸고/ 빛나는 별을 보면/ 아름다운 애너벨 리의 눈동자를 보네'입니다.

> 비디오카메라는, 진한 빛깔의 단풍이 햇빛에 반짝이는 숲에 에워싸인 여인들 무리로 들어간다. 사쿠라 씨의 탄식과 분노의 '넋두리'

아름다운 애너벨 리 싸늘하게 죽다

는 고조되고. 추임새에 화답하는 사람들은 파도를 이루며 흔들린다. 그 목소리와 움직임의 정점에서, 침묵과 정지가 찾아온다. '작은 아리아'가 그 속을 가득 채우면서 사쿠라 씨의 외침 소리가 들리고 소리 없는 메아리로서의 별이 스크린에 반짝인다…….   227쪽

이 별이 바로 애너벨 리의 아름다운 눈동자이겠지요. 그 눈동자는 또한 사쿠라의 외침에 대한 화답이기도 하고요. 이야기야말로 절망에 빠진 한 개인의 외침을 공허하게 만들지 않고 누군가에게 전달하는 별이라고 믿기에, 죽을 때까지 소설을 계속 쓰겠다는 노대가의 다짐이 헛되지 않은 것이겠지요.

『읽어가겠다』에서 소개하는 책들

Part 1.

헤르만 헤세, 『크눌프』, 이노은 옮김, 민음사, 2004

에밀 아자르, 『자기 앞의 생』, 용경식 옮김, 문학동네, 2003

위다 글. 하이런 빈즈 그림, 『플랜더스의 개』, 노은정 옮김, 비룡소, 2004

생텍쥐페리, 『어린 왕자』, 박성창 옮김, 비룡소, 2005

생텍쥐페리, 『남방우편기』. 배영란 옮김, 현대문화센타, 2008

마르그리트 뒤라스, 『연인』, 김인환 옮김, 민음사, 2007

미하엘 엔데, 『모모』, 한미희 옮김, 비룡소, 1999

코맥 매카시. 『모두 다 예쁜 말들』, 김시현 옮김, 민음사, 2008

라우라 에스키벨. 『달콤 쌉싸름한 초콜릿』, 권미선 옮김, 민음사, 2004

아니 에르노, 『한 여자』, 정혜용 옮김, 열린책들, 2012

가즈오 이시구로, 『남아 있는 나날』, 송은경 옮김, 민음사, 2010

가즈오 이시구로, 『녹턴』, 김남주 옮김, 민음사, 2010

Part 2.

앨리스 먼로, 『디어 라이프』, 정현희 옮김, 문학동네, 2013

존 버거, 『존 버거의 글로 쓴 사진』, 김우룡 옮김, 열화당, 2005

이탈로 칼비노, 『우주만화』, 이현경 옮김, 민음사, 2009

프리모 레비, 『이것이 인간인가』, 이현경 옮김, 돌베개, 2007

존 버거, 『여기, 우리가 만나는 곳』, 강수정 옮김, 열화당, 2006

에리히 라미아 레마르크, 『서부전선 이상 없다』, 홍성광 옮김, 열린책들, 2009

어니스트 헤밍웨이, 『태양은 다시 떠오른다』, 김욱동 옮김, 민음사, 2012

서머싯 몸, 『달과 6펜스』, 송무 옮김, 민음사, 2000

에밀리 브론테, 『폭풍의 언덕』, 김종길 옮김, 민음사, 2005

밀란 쿤데라, 『불멸』, 김병욱 옮김, 민음사, 2011

오에 겐자부로, 『아름다운 애너벨 리 싸늘하게 죽다』, 박유하 옮김, 문학동네, 2009

최영아 김소원 최혜림 아나운서, 이선아 이준원 피디, 강의모 작가님 덕분에, 경상도 사투리로 마음껏 스물세 편의 소설을 라디오에서 이야기할 수 있었습니다. 오기쁨 작가의 은은하고 맑은 사진 덕분에 글들이 저마다의 빛깔을 찾았습니다. 책으로 맺은 인연, 감사드립니다.

읽어가겠다

초판 1쇄 발행 2014년 11월 14일
초판 3쇄 발행 2014년 12월 2일

지은이 김탁환
펴낸이 김선식

경영총괄 김은영
마케팅총괄 최창규
책임편집 백상웅 **디자인** 문성미 **마케팅** 이상혁 **크로스교정** 김현정
콘텐츠개발2팀장 김현정 **콘텐츠개발2팀** 박여영, 백상웅, 문성미
마케팅본부 이주화, 이상혁, 최혜령, 박현미, 반여진, 이소연
경영관리팀 송현주, 권송이, 윤이경, 김민아, 임해랑, 하지은

펴낸곳 다산북스 **출판등록** 2005년 12월 23일 제313-2005-00277호
주소 경기도 파주시 회동길 37-14 3, 4층
전화 02-702-1724(기획편집) 02-6217-1726(마케팅) 02-704-1724(경영관리)
팩스 02-703-2219 **이메일** dasanbooks@dasanbooks.com
홈페이지 www.dasanbooks.com **블로그** blog.naver.com/dasan_books
종이 월드페이퍼(주) **출력·인쇄** (주)현문 **후가공** 이지앤비 특허 제10-1081185호

ISBN 979-11-306-0420-6 (03810)

다산북스(DASANBOOKS)는 독자 여러분의 책에 관한 아이디어와 원고 투고를 기쁜 마음으로 기다리고 있습니다.
책 출간을 원하는 아이디어가 있으신 분은 이메일 dasanbooks@dasanbooks.com 또는 다산북스 홈페이지 '투고원고'란으로
간단한 개요와 취지, 연락처 등을 보내주세요. 머뭇거리지 말고 문을 두드리세요.